국어방언연구

김성렬 지음

국학자료원

국어방언연구

머리말

국어 생활의 통일을 기하기 위하여 표준어 교육이 중시되면서 지역 방언의 특색은 점점 사라져 가고 있다. 그러나 국어의 표준 통일이 중요하듯이 각 지역 방언도 그에 못지 않게 중요하다.

방언 연구는 어느 한 사람의 힘으로는 도저히 완성할 수 없는 일이어서 여러 연구자들의 공동 연구가 요망된다. 이런 생각에서 그 동안 국어 방언에 관심을 가지고 연구하고 강의한 내용을 정리해 보기로 하였다.

제Ⅰ장은 방언학 이론을 간략히 정리한 것으로, 필자의 연구라기보다는 사계의 선학 연구자들의 업적을 간략히 정리한 것이다.

제Ⅱ장은 대하소설 『토지』를 근거로, 경남 하동군을 중심으로 한 방언 어휘의 의미를 중점적으로 조사한 것이다.

제Ⅲ장은 방언 조사를 함에 있어, 한국정신문화원 편 <한국방언조사질문지>에 준하여 경북 상주시 외서면 관동리 방언을 조사한 결과이다.

제Ⅳ장은 전라 북부(남원, 전주) 방언에서 특이하게 사용되는 의성 의태어를 조사하여 그 쓰임을 알아보았고, 또 이중모음 '의'의 단모음화 실현 상태를 규명하고자 노력하였다.

제V장은 현대 국어와 약 100여 년간 상거한 판소리 사설을 대상으로 하여 그 시기 전라 방언의 음운 상태를 조사하여 본 것이다.

제VI장은 신소설들을 대상으로 하여 그 시기의 어휘 상태를 방언의 기준에서 살폈다.

끝으로 현하 출판 사정이 어려운 데에도 불구하고 출판을 흔쾌히 맡아주신 국학자료원의 정찬용 사장님과 임직원 여러분께 감사한 마음 금할 수 없으며, 처음부터 교정을 맡아 수고한 아주대 대학원 박사과정 장호종 군과 옥정미 양에게 고마움을 표한다.

2001년 8월 7일
한바탕 소나기가 휘몰아친 오후
원천동 연구실에서 저자.

차 례

제Ⅳ장 전라북부방언 / 149

제Ⅰ장 방언연구의 일반론

1. 방언의 개념

1.1. 方言과 方言學

1.1.1. 方言의 槪念

方言의 語源은 중국인들이 中原이라 자칭하던 중국의 주위, 즉 동방·서방·남방·북방 등에 거주했던 漢民族이 아닌 異民族의 언어, 즉 <地方言語>의 준말이다.

<經世正韻圖說>의 洪良 浩 序 에
"然文字始中國, 故不通能盡言於外國, 外國之人必假方言譯而解之…"

<三國史記> 卷第1 新羅本紀 第1에,

"南解次次雄, 次次雄, 或云慈充, 金大問云方言謂巫也, 世人以事鬼神
尙祭祀, 故畏敬之, 遂稱尊長者, 爲慈充"

이런 記錄으로 보아 방언이란 '地方言語' 또는 '地域言語'라는 개념이라
본다.

俚語와 方言의 차이를 보면, 方言이 共通原體인 共通語(예 : 韓國語)에서
시간과 지역적 특성에 의하여 分裂된 것이어서 전체적인 관련성을 가지고
있으나, 俚語는 方言에 포함된 異質的인 요소를 가리킨다. 예컨대, 함경도
방언 속의 女眞語, 러시아 요소, 제주도 방언의 특수한 어휘들이다.

1.1.2. 方言과 方言學

방언학은 정확한 방언구획을 설정해야 학문으로서 체계화를 이룰 수 있
다. 방언을 정확히 기술한다는 것은 방언학의 시초요 가장 중요한 내용이
다. 방언학이란 개개의 지역 방언에 대하여 그 語彙, 音韻, 語法, accent 등
의 언어 사실을 정밀하고 정확하게 기술하고 이의 특징과 여러 현상을 밝
히는 학문이다.

1.1.3. 方言學, 言語學, 言語地理學

국어학은 표준어와 문헌을 위주로 연구하고, 방언학은 문헌의 결점을 보
충해서 보다 완전한 국어연구에 공헌한다.

언어지리학은 주로 어휘의 분포상태를 지도에 나타내는 바 이는 그 언어
의 역사적인 모든 사실과 관련이 있고, 또 인적 환경과 지리적 조건 등과도
밀접한 관련이 있다고 본다. 언어지리학의 최초의 시도자는 Gilliéron이다.
그는 <불란서언어지도> 2940여 매를 작성하여 이를 근거로 해서 18편의
논문을 발표한 바 있다.

1.2. 방언과 표준어

모든 언어는 시간이 경과하면 분열한다.(방언)

  Indo-Europian : German어파, Roman어파, Indo-Iran어파, Slavnic어파, Celtic
         어파 등.
  German어파 : Gothic어, 古Norse어, 古영어, 古Frisian어, 古Saxon어, 古高
         地독일어.
  Roman어파 : 이태리어, 불란서어, 스페인어, 포르투갈어, 러시아어.
  경상도방언 : 대구 중심의 경북방언과 부산 중심의 경남방언으로 갈라
         진다. 또 경남방언도 동부지방과 서부지방, 북부지방과 남부지방
         에 따라 현저하게 다르다.

언어는 끊임없이 분열되는 한편 그 반대로 통일 작용도 한다.(표준어) 그
러므로 방언과 표준어는 서로 상대적이어서 방언이 있으니까 표준어가 있
고, 표준어가 있으니까 방언이 있게 된다고 말할 수 있다.

우리는 표준어라는 말과 共通語라는 말을 사용하고 있는데, 그 의미하는
바가 다르다. 표준어(standard language)는 일정한 언어단체 내에서 모든 사
람들에 의하여 규준되는 언어로서 公認된 말이고, 공통어(common language)
는 공인이야 있든 없든 간에 그 언어사회에서 공통으로 쓰이는 말이다. 가
령 경상도 방언권에서는 경상도어가 공통어가 된다.

이제 '표준어'란 용어 사용의 역사를 일별해 보기로 한다.

1933년 한글반포 487주년 기념 <조선어철자법통일안>(한글맞춤법통일
안)부록 제1에 '표준어'란 말이 보인다.

1936년 10월 28일 한글반포 490주년 기념, 조선어학회 사정 <조선어표
준말모음>이 보이고 이즈음 이희승이 <조선어문학회보> 제3호에 "표준

어에 대하여", <한글> 제5권 제7호에 "표준어 이야기" 등을 발표하여 국어 표준어 제정의 원리 의의를 밝히고 있다.

현재 맞춤법통일안은 표준어 규정을 "표준어는 교양있는 사람들이 두루 쓰는 현대 서울말로 정함을 원칙으로 한다"고 되어 있다. 이 규정은 다음과 같은 3가지 조건을 갖추고 있다.

> (1) 지리적 조건~ ㉠ 정치적 중심지 ㉡ 교통적 중심지 ㉢ 문화적 중심지
> (2) 시대적 조건~ 현대어
> (3) 계급적 조건~ 교양 있는 사람들(중등 상식인)

표준어와 방언은 서로 영향을 주고 받는데 이로 말미암아 언어의 混合 현상이 나타난다. 우리나라 서울의 예가 그러하고 London의 예도 그렇다. 원래 영어의 표준어는 런던지방의 상류계급에서 사용하는 언어였다. 그러던 것이 현재 영어 표준어는 口語 文語 양 방면에서 모두 변질되어 런던을 위시한 그 부근의 교양 있는 사람들의 언어로 되어 있다. 그래서 현재 런던어는 한 방언적인 색채가 짙다.

Henry Sweet(Sound of English, London, 1908)는 "표준영어의 최선의 화자는 그 발음에 있어서나 기타 언어적 현상에서 조금도 그 지방적 특색을 보이지 않는 사람이다"라는 주장을 하고 있다.

1.3. 언어의 표준화

1.3.1. 언어의 齊一性

언어는 제일성과 다양성을 보여 준다.

언어 ; 齊一性(uniformity)～일치(invariance)
多樣性(divercity)～變種(variance)
齊一性 : 자율적～언어구조 자체에 내재하는 것으로서 내부구
조를 통일·안정시키려는 경향(주로 음소적
문법적 구조)
타율적～외부에서 언어구조를 인위적으로 통일 안정
을 추구하고자 함(표준어)

Ray에 의하면 언어를 내부언어적 제일성(intra-linguistic uniformity)과 상호언어적 제일성(inter-linguistic uniformity)으로 나누는데, 전자는 보다 큰 언어집단과 여기에 포함되는 작은 언어집단 사이에 나타나는 것으로 어형, 어의 등에 있어 상대적으로 작은 차이가 나타난다. 이 차이의 정도는 다른데 한국어의 경우 서울말에 대한 각 방언의 차는 영남방언이 호남방언에 비하여 크다.

후자는 제일언어(first language)가 다른 언어로부터 새로운 언어재를 필요로 할 때 나타난다. 예컨데, 영어는 프랑스어, 라틴어, 희랍어로부터 프랑스어는 라틴어, 희랍어로부터 우리 국어는 중국어, 영어로부터 각각 언어재를 받아들였다.

1.4. 방언의 성격

1.4.1. 방언의 보수성(고어의 유지)

문헌은 언어 연구에 절대적 가치를 지닌다. 그러나 언어는 문자 문헌의 유무에 관계없이 끊임없이 음운변천을 수행하여 오는 한편 고어를 유지하고 있다.

18세기 말엽 이전까지의 언어학자들은 대부분 생각하기를 모든 언어는 문헌에 기록된 것만이 그 언어의 미래의 언어 양상을 유지하고 있고, 또 보다 고형을 유지하고 있으며, 지방어는 평민의 무지와 부주의로 인해서 왜곡되어 본래의 언어양상에서 변모된 것으로 보았다.

그러다가 19세기 초 비교언어학자들은 오히려 언어는 그 반대임을 입증하였다. 즉, 표준어보다는 훨씬 떨어진 산간벽지의 방언이 보다 더 고형의 고어를 유지하고 있다는 사실을 밝혀 내었다. 일례로 불란서의 Gilliéron의 언어지리학을 들 수 있다.

그러면 국어의 경우 방언에 보다 고형이 유지되고 있는 사례를 몇 가지 들어 보기로 하겠다. 경북방언(대구, 경주, 영천, 경산, 청도 등지)에서는 '호붓'(單, 獨)이라는 말을 쓰고 있는데, "호붓 하나가? 열 하나?"하는 경우가 그것이다. 그런데 문헌어에서 '홑'의 고형은 'ᄒᆞ옷'인데, 이는 "ᄒᆞᆸ>ᄒᆞ옷>홋>홑"과 같이 발달한 것이다. 경상도방언의 '호붓'은 문헌에 나타난 'ᄒᆞᆸ'보다도 더 고형일 가능성이 짙다. 구체적으로 예를 더 들어보면 아래와 같다.

이조초기어	방언(경상북도)	고문헌
1) 가온더(中)	가분데, 가분대	戞噴得
2) 이웇(隣)	이붓집, 이부집	以本直
3) 기울다(傾)	기부린다, 찌부린다	吉卜格大
4) 두위트러(反長)	디벤다, 디빈다	堆迫(後)
5) 누의(妹)	누부, 부비	餒必

(華夷譯語에서)

6) 골왕이(螺)	골부리, 골벵이	古乙方

(新編馬醫方牛醫方에서)

ᄒᆞ올어미>홀어미	호불어미, 호부러미
ᄒᆞ올아비>홀아비	호부레비

‘고양이’(猫)는 제2음절에 [n]음을 유지하는 방언이 경상, 함경, 평안, 강원, 제주방언으로 중앙에서 원거리에 있는 방언들이다.[1]

konɛ(함북) koːnɛgi(경북) kwɛːnɛgi(경북) kɛːnɛgi(경남)
koːnɛi(경북) konjɛ(함북) koːnjɛŋi(충북) ʔkoːnɛgi(경북)
ʔkøːnɛgi(경북) ʔkɛːnɛgi(경남) koːnɛŋi(경남, 제주)
kɛːnɛŋi(경남) ʔkɛːnɛŋi(경남) ʔkoːnɛŋi(경남) ʔkɛːnɛŋi(경남)
ʔkoːnɛŋi(경남) ʔkkoːnɛi(경북) koːnjɛi(경북)
[koni+ɛgi] : [koni+ɛŋi]에서 [konɛŋi]형이 기본형이다.

계림유사(鷄林類事, 1103~1104)에 보면, ‘猫曰高尼’로 기록되어 있고, 삼국사기 지리지(고려후기 기록)에도 ‘高伊者方言猫也’가 보인다. 16세기 訓蒙字會에는 ‘猫 괭묘’로 되어 있고, 禪家龜鑑諺解上(1579)에는 ‘괭 쥐잡듯(猫捕鼠)’으로 되어 있다.

1.4.2. 방언의 다양성

언어는 시대의 흐름을 따라 분열을 계속한다. 방언은 분화를 거듭하는 사이에 방언끼리 서로 영향을 주고 받고 함으로써 변화되고, 또 새로운 어형을 형성해 감으로써 한층 더 복잡성을 띠게 된다.

그래서 언어에는 回歸作用이 있음을 알 수 있는데, 이로 말미암아 언어의 복잡성은 가중된다. 즉 A, B, C, D, E, … 등의 여러 방언이 있을 때 A방언이 優越性이 있는 방언이라면 A방언은 나머지 B, C, D, E 각 방언들에 영향을 주게 된다. 만약에 B방언이 우월성이 있다면, 나머지 여타의 방언에 영향을 미치는 것은 마찬가지다. 우리는 이런 경우의 예를 신라 경주어

---

1) 여기 제시하는 방언형은 김방한(1978) 한국방언사전에서 많이 인용하였다.

와 고려 개성어 사이에서 찾아 볼 수 있다.

또 방언은 保守力과 排他力을 가진다. 이런 현상은 지형과 관계가 매우 깊다. 각 지역방언은 자신의 방언을 유지해 가려는 보수성을 가지며 또 아무리 우위지역의 방언일지라도 이를 배제하려는 배타력을 가진다. 즉 A방언이 우위지역 방언으로서 C, D, E 각 방언에 영향을 미칠 때, E방언권이 고봉준령, 대하, 강 등으로 격리되어 있고, C, D방언권은 그렇지 않다면, E방언권은 보수력, 배타력이 강하게 나타나는 반면 C, D방언권은 보수 배타력이 미약하다. 우리 방언 중에 경상도방언이 보수력과 배타력이 가장 강하게 나타난다. 우리는 6·25 당시 서울 경기 지역 사람들이 대거 부산으로 피난갔을 때, 경상도 방언에 큰 영향을 못 미치었는데, 이는 이 방언의 강한 보수력과 배타력 때문이었다.

인종적 요소는 언어의 다양성을 가중시킨다. 장기간 공동생활을 해온 집단민은 특유한 언어습관과 언어경향을 가지게 되는데, 이들 집단이 어떤 이유로 해서 새로운 언어를 말하게 되었다면 그들 언어 속에는 과거의 언어가 다소 잔존하게 된다. 이 잔존언어를 基層(substrat)이라 한다. 우리는 이런 예를 신라어와 고려어 사이에서 찾아 볼 수 있다. 즉 신라어 영향지구와 고려어 영향지구의 방언 사이에 존재하는 음운, 형태, 어휘 등의 차이는 이를 증거한다.

1.4.3. 방언의 통일성

방언은 또 한편 통일성을 가진다. 통일성이 실현되는 방법은 첫째, 교통의 발달은 언어의 통일성을 촉진시킨다. 방언 사이의 교접을 용이하게 하기 때문이다. 일례로 전국 각처의 많은 상인들은 업무상 중앙을 자주 왕래하는데, 교통의 발달은 이를 더욱 촉진하여 중앙어가 지방어에 많은 영향을 주어 언어의 통일성을 이루게 한다. 또 지방인은 방언을 구사함으로 말미암아 혹시나 교육을 받지 못함, 교양이 없음, 조소, 경멸을 꺼려하여 표준어를 배운다면 이는 언어의 통일을 가져오게 된다.

방언은 정도의 차가 서로 다르다. 우리나라의 경우 북단의 평안도방언과 남단의 전라도방언 사이에는 방언차가 큰 반면 황해도와 평안도, 전라도와 충청도 사이에는 각각 지방차가 심하지 않다. 또 평안도와 전라도의 지방차보다 전라도와 제주도의 지방차가 심하다. 아프리카에는 인접지역이라도 교통 왕래가 없어 서로 언어가 다르다고 한다.

둘째, 공통어가 문학용어로 사용될 때 언어의 통일성이 강하다.

셋째, 도시의 발생은 언어의 통일성을 강하게 한다. 대도시의 인구 증가는 근접지역, 원격지역의 인구를 흡수한다. 서울 인구의 약 30%만이 서울을 본적으로 하고 있고, 코펜하겐은 50%가 타지 출신이라고 한다. 런던시의 확장은 영어의 표준어를 변질시켰으며, 파리도 같은 경향이라고 한다.

1.4.4. 등어선과 언어경계선

계통과 성질이 다른 두 언어 또는 수개 언어가 접촉되는 경우에 분명한 언어 경계선이 이루어진다. 나라와 나라가 인접한 경우 또는 한나라 안에서도 그런 예를 본다.

> 독일어의 주위 : 불란서어, 이탈리아어, 헝가리어, 체코어, 폴란드어,
> 리투아니아어, 슬로베니아어 → 명백한 언어 경계가 있다.
> Belgium : Flemish어(German어계), Wallon어(불란서어계).
> Swiss : German어계, 불란서어계, 이탈리아어계.
> 미국남부 : 영어, 스페인어 사이의 경계.

언어경계선으로 구분된 2개 혹은 수개의 언어들을 각기 서로 다른 언어(language)로 간주하고, 그 언어단체가 한 정치단체와 일치할 경우 국어로 취급한다.

그런데 언어들 사이에는 언어경계가 그다지 분명하지 못한 경우가 있다.

불란서어와 이탈리아어, 스웨덴어와 노르웨이어, 폴란드어와 보헤미안어, 독일어와 화란의 Flemish어 사이가 각각 그러한데, 이들은 국어와 국어의 차이라기보다는 방언 차이 정도밖에 안 된다.

　방언과 방언이 접촉하는 지대에서는 동일 현상이 나타나는데, 이 지역을 등어선 지대라 한다. 유럽에서 등어선에 관한 논의는 비교언어학자들에 의하여 고찰되었다.

　• Aust Schleicher의 계통수설(系統樹說)

　저서 : Compendium der vergleichende Grammatik der Indo-germanischen Sprachen, Weimar(1861-2) (인구어 비교문법개요)

이 책 속의 계통수 도표는 인구어 사이에 아무런 유사성도 없어 인구어 사이에는 접촉도 영향도 없는 것으로 되어 있다.

　• Johannes Schmidt의 언어파동설(言語波動說)

　저서 : Verwandtschafts-verhältnisseder indogermanischen Sprachen, Weimar, 1872 (인구제어의 친족관계)

　우리는 이 책 속에서 인구어의 유사성을 지리적으로 가장 인접한 지어 (支語)들 간에 발견할 수 있는데, 이것을 파동설(Wellen-theorie)로 설명하고 있다. 즉 어느 한 지역의 언어는 어떤 방언적 특성에 관해서는 A지역과 동일하나 B지역과는 다르고, 또 어떤 방언적 특성에 있어서는 A지역과 다르나 B지역과 같을 때 이런 현상을 파동의 결과로 보며 그물 상태의 등어선을 형성하게 된다.

　최초에 A, B, C, D, E, F, G, …, X 등의 방언으로 분류되어 있을 때, F방언이 가장 우위에 있는 방언이라면 전파력이 강하여 모든 방언에 영향을 미치게 된다.

등어선은 한 방언의 하위방언권에서도 이루어진다. 하위방언권은 행정구역의 중심지를 중심으로 하여 나뉜다. 대개 큰 해협, 대하, 고봉준령, 무인의 사막, 초원, 광야 지역은 방언의 등어선이 존재하지 않고 서로 다른 언어 경계선이 생긴다. 전라도방언과 제주도방언 사이에는 등어선이 존재하지 않는다. 이는 바다가 가로 놓여 있기 때문이다. 그러나 섬진강을 사이하고 전라도방언과 경상도방언으로 갈라진다. 이같이 등어선 형성에는 지리적 사실이 중요한 영향을 미친다.

인간의 언어형성 과정은 출생으로부터 차츰 언어 접촉 범위를 확대해 가면서 이루어진다. 이웃 사람, 친구, 다른 방언과의 접촉을 통하여 서서히 언어개신이 이루어진다.

1.4.5. 국어방언의 기층 문제

언어의 다양화의 중요한 원인의 하나는 基層(substrat)이라고 본다. 기층은 인종적인 요소를 말한다. 인종적이란 말은 인류학적인 의미가 아니다. 따라서 민족적 차이를 의미하지 않고, 장기간 동일지역에서 동일집단(정치적 집단)을 이루고 살았기 때문에 그 언어에 동일한 습관과 경향이 생긴 하나의 언어단체를 의미한다.

기층이란 정치적 동일집단을 이루고 있던 한 언어단체의 전원이 어떠한 이유에서 그들이 사용하던 언어를 포기하고 새로운 언어를 채택 내지 영향을 받았을 때 그들의 고유습관 내지 언어경향이 가미되어서 본래의 것과는 약간 차이가 있는 언어를 형성해 가는 그 요소를 가리킨다.

Roman어에서 예를 들어보면, 불란서 지방의 Gaul족의 불란서어는 Gaul족의 Celtic어의 영향을 받은 것이고, Iberia 반도의 Iberia족의 스페인어는 고대 Iberia어의 영향을 받았다. 또, 우리 국어의 경우 고려어의 '乃勿'(namər, 鉛)은 고구려어의 기층이다.

1.5. 국어의 남부방언군과 북부방언군의 음운비교

국어의 남부 북부방언군 사이에는 중간자음 [-b-], [-k, g-], [-s-]의 유지와 탈락을 가지는 차이를 보여준다. 이런 예들을 몇 열거하면서 이 두 방언권의 차이를 알아보기로 하겠다. 이 중간자음을 유지하는 것은 남부방언들이고 탈락시키는 것은 북부방언들이다.

1.5.1. 자음 대응

1.5.1.1. 중간자음 [-b-]

1) 확[hwaːk, hoaːk](石臼)

    유지 : [hobak   경남북, 함남북, 강원(일부)

           [hobɛgi]   경남, 함남북

           [hovaːk]   경남, 경북(일부)

    탈락 : [hwaːk]   경기, 황해, 평남북, 강원, 전남북, 충남북

           [haːk]   충청, 전라

           [hoːk]   제주

2) 아욱[auk](葵)

    유지 : [abuk]   함남북, 경남북

           [abok]   함남, 경북

    탈락 : [auk]   경기, 충남북, 전남북, 강원, 평남북, 황해

           [aok]   강원, 황해, 경기, 전남북, 충남북, 경남북(일부)

3) 홀어미[hol-əmi](과부)

    유지 : [hoburɛmi]   경남북

           [hoburimi]   경남북
           [haburemi]   함남북
   탈락 : [horimi]   충북, 경남북
           [horɛmi]   충남북
           [horəmi]   전국 대부분 지방

4) 놀[no:l](霧)

   유지 : [naburi]   경북, 강원
           [nuburi]   함남북
   탈락 : [no:l]   경남북, 충남북, 경기, 강원, 황해, 함남북, 평안

5) 누에[nue](蠶)

   유지 : [nube]   경북, 함남북
           [nubi]   경남북
   탈락 : [nue]   전남북, 충남북, 경기, 강원, 황해, 함남, 평남북
           [nui]   경북, 황해

또, 가운데 : 가분데, 흩 : 호붓, 이야기 : 이바기(경남)·이바구(경상), 잠
: 자브람(경북)·자브럼(경상)·자브름(경상) 등 이런 대비는 허다히 많다.

1.5.1.2. 중간자음[-k, g-]

1) 내[nɛ](煙)

   유지 : [nɛŋgal]   전남북, 경남
           [nɛŋgi]   전남, 경남
           [nɛŋul]   함남북
           [nɛgul]   함남북
           [nɛguri]   함남북, 평북(일부), 황해(일부)
   탈락 : [nɛ]   경기를 위시한 대부분의 방언

2) 수레[sure](車)

　　유지 : [sulgi]　　경북, 함남북

　　탈락 : [sure]　　함남북을 제외한 전국적인 현상

3) 바위[pawi](岩)

　　유지 : [pagu]　　경남북, 전남

　　　　　[paŋgu]　　경남북, 충북, 강원, 황해

　　탈락 : [pau]　　전남북, 경남북, 충남북, 강원, 황해

　　　　　[pawi]　　충남, 경기, 강원, 황해

　　　　　[pai]　　경남북

4) 벌레[pəlle](蟲)

　　유지 : [pəlgadʒi]　　전남북

　　　　　[pəlgədʒi]　　경남북, 전북, 충북, 충남(일부)

　　　　　[pəlgi]　　경남북, 충남, 경기, 황해

　　탈락 : [pəlle]　　거의 전국적인 현상

또, 머루 : 맬구(전남 영암), 멀개(경북 대구), 밀구(경북, 경남, 충북), 멀기(황해 신기, 강원 이천, 함북 성진·길주, 함남 함흥), 멀귀(함북 경성, 함남 문천, 황해 신계), 멀긔(제주 성산·서귀포·대정), 멜구(전남 보성·강진·곡성·구례·장흥·강진·영암·해남), 멸구(전북 순창·남원, 전남 영암·목포·곡성), 몰구(전남 진도), 밀구(전남 구례) 등의 방언 이형태를 찾아 볼 수 있다.

‘도라지’의 방언들은 다음과 같이 다양하게 나타난다.

　　돌가기(전남 광양)

돌가지(경남북, 전남북, 평북 철산·삭주)
돌갓(전북 남원, 전남 고흥·보성·강진)
돌개(경북 안동·봉화·영천·대구·문경, 경남 울주·양산·울산)
동개이(경북 경주)
돌개이(경북 봉화)
돌게(경북 왜관·군위)
톨가지(전남 광양)

'시렁'(架)도 다음과 같이 다양하다.

살간(경남 양산·김해)
살강(경북, 충북, 충남, 강원, 전남북)
살겅(경남 하동, 전남 강진·목포·나주)
살공(함남 문천·고원·영흥)
살궁(황해 수안)
설강(경북 고령, 경남 산청·합천·거창, 전북 무주, 전남 나주·고
  흥)
설건(경남 밀양·울산)
설겅(경북 상주·김천)
설공(강원 옥계)
슬겅(경남 사천, 전남 영암)
실강(경북 영주·안동·봉화, 경남 밀양, 충북 연풍·괴산, 전남 곡
  성)
실껑(경북 영천)
실거이(충남 예산)
실건(경남 마산)
실겅때(경북 예천)
실깅(경남 고성)
실컹(전남 장성)

1.5.1.3. 중간자음[-s-]

1) 무[muː](菁根)

    유지 : [musu]   전남북, 충남북, 강원, 함남
          [musi]   경남북, 충남북
    탈락 : [muː]   충남, 강원, 경기, 황해, 평남북, 함남
          [mui]   강원, 황해
          [miu]   황해
          [muju]   경기, 황해

또, [muʔku], [muʔki], [miʔki] 등의 어형이 함남북, 경북, 강원 등지에 분포되어 있다.

2) 김[kim] (雜草)

    유지 : [tʃisim]   전남북, 경남북, 충남, 강원, 함남
          [tʃisɨm]   전남북, 충남, 함남북
          [tʃisəm]   경남북
          [kisəm]   함북
    탈락 : [kim]   경기, 황해, 평남북
          [tʃim]   경북, 충남북, 강원
          [tʃiɨm]   충남

3) 가위[kawi](鋏)

    유지 : [kasigɛ] 전남북, 경남북
          [kasɛ]   전남북, 경남북, 경기, 강원, 함남북, 평북
          [kasi]   경남
    탈락 : [kawi]   경북, 경기
          [kawe]   황해, 평남
          [kau]   경기, 황해, 평남

　　　　[kai]　　　강원, 경북

　　　　[kae]　　　경북

4) 가을[kaịl](秋)

　　유지 : [kasil]　　전남북, 경남북, 강원

　　　　　[kasịl]　　전남북, 강원, 함남북, 평북

　　탈락 : [kaịl]　　경북, 경기

　　　　　[ka:l]　　경북, 충남북, 강원, 평남북, 경기

5) 거위[kəwi](지렁이)

　　유지 : 거새이(경북 울진·군위)

　　　　　거새이(경남 함양, 전북 진안, 전남 진도·여수)

　　　　　거:새이(경북 영주·봉화)

　　　　　거성구(전남 진도)

　　　　　거성치(전남 장흥)

　　　　　거새이:(경남 함양)

　　　　　거시(경남북, 전남북, 강원 전역)

　　　　　거:시(경북 군위, 경남 산청·진주)

　　　　　거시:(경남 마산·사천·충무)

　　　　　거시라이(전남 여수·구례·곡성)

　　　　　거:시라이(전남 여수)

　　　　　거시랑(전북　순창·정읍·김제·영광·함평·목포·장성·

　　　　　　　나주·광주·해남·담양)

　　　　　거시랑구(전남 진도)

　　　　　거시랑치(전남 순천·해남·고흥·여수·화순·나주)

　　　　　거시랑태이(전남 화순)

　　　　　거시래:이(전남 광양)

　　　　　거시래이(경남 하동·동래, 전북 운봉·남원·임실·장수, 전

　　　　　　　남 해남·보성·목포)

　　　　　거:시래이(전남 순천)

거:시러이(전남 광양)
거시레이(전남 구례)
거:시레이(경남 하동, 전남 광양·구례)
거시이(경남 충무·거제·창녕·고성·남해)
거시이(경북 고령, 경남 함안·합천·하동·남해·양산·김
　　해·마산)
거:시이(경남 합천)
거시인(경남 거창)
거씨이(경북 왜관)
그시랑(전북 전주)
탈락 :　거위(충북 영동·옥천·음성·충주, 충남 예산·논산·청양·
　　　　홍성, 전북 무주, 강원 홍천)
　　　거의(경북 고령, 충북 영동·옥천, 충남 조치원, 강원 정선)
　　　거이(경북 영양·의성, 충북 단양·보은, 충남 조치원)

　이 '거위'의 방언형에는 [-ㄱ-]을 유지하는 방언과 별도의 대체어휘 '지렁
이'계가 공존하고 있다.

[-ㄱ-]유지형
걸개이(경북 대구)
걸꺼이(경북 안동)
걸께이(경북 의성·청송)
것구리(경남 울산)
것깨이(경북 김천)

'지렁이'계
지레이(평북 박천·영변·강계, 평남 평양)
지래이(경북 영주·봉화·김천)
지래이(경북 봉화·영주, 충북 청주·연풍·단양, 충남 부여·논산)
지레(함북 성진·무산·부령·경흥, 함남 함흥·풍산)

지리이(경남 남해, 충북 보은·청주·영동, 충남 대전·당진, 함남 문
천, 전남 구례, 강원 강릉·영월·평창·원주·춘천, 제주 대
정, 경기 개성·연천, 황해 황주·수산 등)

방언형과 관련하여 '여우'(狐)와 '새우'(蝦)의 전국적인 어형 분포를 살펴
보기로 한다.

<여우의 어형 분포>[2]
15세기 문헌에 의하면, '여우'는 특이한 부류에 속하는 명사다. 이 명사
는 자음어미 앞에서는 '여ᅀ' 또는 '여스'로, 모음어미 앞에서는 '옂이, 엿
이' 등으로 표기되었다. 그러나 현대어에서는 지형에 따라 다양한 어미를
보인다. 이들 어형은 15세기 문헌에서의 'ᅀ (z)'에 대응되는 음소가 어떤 것
이냐에 따라 다음과 같이 분류된다.

     I '∅' 형 : ㉠ 여우
            ㉡ 여위[yəuy], 여위[yəwi], 여웨
    II 'ㅇ' 형 : 영우, 영호, 영이, 영
    III 'ㄲ' 형 : ㉠ 여끼, 예끼
            ㉡ 여깽이, 야깽이
    IV 'ㅅ' 형 : ㉠ 여수, 여:수, 야수, 예수
            ㉡ 여시, 야.시, 야시
    V 'ㅎ' 형 : 여호
    VI 'ㅇㄲ'형 : ㉠ 영끼, 엥끼
            ㉡ 영캥이

I의 어형은 모두 어중에 어떠한 자음도 가지고 있지 않다. 그 중에 I㉠
형은 어말모음이 단모음이고, I㉡형은 어말모음이 이중모음이다. 전자는

---

2) 이 부분은 성지문화사(1993), 한국언어지도집에서 전재한 것임.

표준어로 채택된 것으로 경기도와 강원도 지역, 그리고 평안남도의 서북 지역과 대부분의 평안북도 지역에서 사용되며 후자는 대부분의 황해도와 그에 접한 경기도 일부 지역에서 사용된다. 그러나 II의 어형은 모두 어중에 'ㅇ'을 가지고 있다. 이 어형은 주로 평안남도와 함경도의 남부 지역에서 사용되고 강원도의 동해안 지역 그리고 평안북도의 <자성>에서도 사용된다.

한편 III의 어형은 모두 어중에 'ㄲ'을 가지고 있다. 이것은 다시 III㉠형과 III㉡형으로 구분된다. 그 중에서 III㉠형은 접미사가 없으며 III㉡형은 접미사 '-앵이(<앙이)'가 붙어 있다. 전자는 함경남도의 동북 지역과 함경북도의 전지역에서 사용되고 후자는 경상북도의 북부지역과 그에 인접한 강원도와 충청북도의 일부 지역에서 사용된다. 그리고 IV의 어형은 모두 어중에 'ㅅ'을 가지고 있다. 이것은 다시 IV㉠형과 IV㉡형으로 구분된다. 전자는 '우'로 끝나고, 후자는 '이'로 끝난다. 전자는 주로 충청남북도의 남부, 경상남북도에 접한 전라남북도의 일부 그리고 대부분의 경상도에서 사용되며 후자는 주로 충청남북도의 북부, 전라남북도, 경상남도에서 사용된다.

그리고 V의 어형은 어중에 'ㅎ'을 가지고 있는데 그것은 경기도, 강원도 및 충청남도의 일부 그리고 제주도에서 사용된다. 끝으로 VI㉠형은 접미사가 없으며 주로 함경남도의 남부에서 사용되고, VI㉡형은 '-앙이'접미사가 붙어 있으며 황해도의 서부에서 사용된다.

역사적 관점에서 보면, III의 어형에서 발견되는 'ㄲ'은 보다 이른 시기에 자음군 *ㅺ(sk)이었을 가능성을 말해준다. 다시 말하면 15세기 이전의 어느 시기에 '여우'는 '*여ᅀᅳᆨ'과 같은 어형을 가지고 있었는데, 말음절의 '으'가 탈락되고 무성자음 'ㄱ' 앞에서 'ㅿ'이 무성음 'ㅅ'으로 되어 자음군 'ㅺ'을 가지고 있었으리라는 것이다. 그러다가 자음군 단순화가 일어남으로써 '*엿ㄱ'의 'ㅺ'이 경음 'ㄲ'로 변한 것이 III의 어형으로 된 것이라고 본다.

이와는 달리 어말의 '윽'이 탈락된 후에 'ㅿ >ø'의 변화를 거쳐서 형성된 것이 Ⅰ의 어형이라면, 'ㅿ >ø'에 앞서 'ㅿ >ㅅ'의 변화를 거쳐서 형성된 것이 Ⅳ의 어형이라 하겠다. 그리고 'ㅿ >ø'에 의하여 소실된 'ㅿ'의 자리에 'ㅇ'이 삽입된 것이 Ⅱ의 어형이라 하겠다. 소실된 'ㅿ'의 자리에 'ㅇ'이 삽입된 예로써, 15세기 중부지역의 'ㄣ애(kʌzɦay)'에 대한 현대 한국의 일부 지역에 사용되는 '강아'나 '강애'를 들 수 있다. 한편 Ⅵ㉠의 '영끼'와 '옝끼'의 사용지역이 Ⅲ㉠의 '여끼'와 '예끼'의 사용지역과 Ⅱ의 '영이'와 '영우'의 사용지역이 합쳐지는 곳이므로 Ⅵ㉠의 어형은 Ⅲ㉠과 Ⅱ의 어형이 합쳐진 어형이라 하겠다. 그런데 Ⅵ㉡의 '영쾡이'는, 인접지역의 어느 곳에서도 Ⅲ㉡과 Ⅱ의 어형이 사용되지 않으며 어중 자음 또한 'ㄲ'이 아닌 'ㅋ'이라는 점에서, Ⅵ㉠의 형성과는 그 기원을 달리 하는 것이라 생각한다. 현재로는 그 어형의 형성을 밝히기는 어렵다. 그와 마찬가지로 Ⅴ의 어형이 가지고 있는 'ㅎ'도 'ㅿ'의 소멸과 밀접한 관계를 가지고 있을 것으로 예상되지만 아직은 분명하지 않다.

<새우의 어형 분포>3)
지역에 따른 '새우'의 어형은 매우 다양하여 20여 개에 이른다. 문헌에서 발견되는 '새우'의 어형으로서 오랜 것으로는 <훈민정음해례>(1446)의 '사ᄫᅵ'(saʒi)를 들 수 있다. 현대 국어에 존재하는 20여 개의 어형은 어중의 자음에 따라 다음과 같이 분류된다.

    Ⅰ 'ㅂ'계 : ㉠ 새비́, 새́비, 새비̆, 새비[syEbi], 새비[sEbi]

           ㉡ 새뱅́이, 새배랭이, 새뱅이, 새빙개

           ㉢ 나무샙뱅이

    Ⅱ 'ㄱ'계 : 새갱이, 개강지

---

3) 이 부분도 위와 같음.

Ⅲ 'ㅇ'계 : 생우, 생이
Ⅳ 'ø'계 : ㉠ 새우, 새오
       ㉡ 새웅개, 새옹개, 새옹지
Ⅴ 기타 : 징검새

　Ⅰ의 어형은 '사비'의 'ㅸ'에 'ㅂ'으로 대응하는 것인데 이 어형은 다시 세 가지로 나뉜다. 첫째는 아무 접미사도 통합되지 않은 것이고, 둘째는 '-앵이-(<-앙이)' 혹은 '웅개' 등의 접미사가 접미된 것이며, 셋째는 접미사 '-앵이-'가 통합된 다음에 다시 그 앞에 '나무'가 통합된 것이다. 이때의 '나무'가 접두사인지 아니면 개별 단어인지는 불분명하다. Ⅱ의 어형은 어중의 'ㅸ'자리에 'ㄱ'이 있는 것이다. 국어에는 'ㅂ : ㄱ'의 대립을 가지는 단어가 약간 있다. '주걱 : 주벅'(杓子)의 이러한 대립이 무엇을 의미하는지는 아직 밝혀져 있지 않다. 'ㅂ'을 가지는 Ⅰ의 어형과 형태소 구조상 차이가 있다면 'ㄱ'을 가지는 어형은 '앵이(<-앙이)'나 '-앙지' 등의 접미사가 통합된 경우에만 존재한다는 점이다. Ⅲ의 어형은 어중의 'ㅸ'위치에 'ㅇ'이 삽입된 경우라 할 수 있다. 다시 말하면 '생우'나 '생이'는 명사에 접미사 '-앙이'가 접미된 것이 아니라 '새우'나 '새이'의 '새' 다음에 있던 'ㅸ'의 위치에 'ㅇ'이 삽입된 것이다. Ⅳ의 어형은 어중에 존재하던 'ㅸ'이 소실된 것으로써, 'ㅸ'이 소실된 그대로의 어형과 거기에 다시 접미사 '-웅개'나 '-웅지'가 통합된 어형으로 구분된다. '사비'로부터 변화된 '새우'나 '새오'의 '우'나 '오'는 'ㅸ >우(ɦ>w)'라는 음운변화에서 형성된 것이라 할 수 있다.

　한편 Ⅰ㉠의 어형은 함경남북도, 전라남도, 경상남도의 전역에서 사용되고 전라북도의 남부지역과 경상북도 중남부지역에서도 사용된다. 여기에 속하는 어형들은 15세기 중부지역에서 사용된 '사비'에 아주 가까운 것이다. 다만 성조 지역인 동남방언지역과 동북방언지역에서는 동일한 어형이 사용되면서도 성조상의 차이가 있다는 것이 흥미롭다. 즉 '새비'[sEbi]는 함경남북도에서 '저고'로 실현되고 경상남도에서는 주로 '고저'로 실현되며 경상북도에서는 주로 '상저'로 실현된다.

이러한 성조상의 차이는 국어의 성조사(聲調史)를 구명할 수 있는 좋은 자료가 될 것이다. 다음으로 Ⅰⓛ의 어형은 충청남북도와 경기도의 남부지역에서 주로 사용된다. 이 지역은 지리적으로 Ⅳ의 어형이 사용되는 지역에 의하여 둘러싸여 있다. 형태소 내부의 'ㅸ'이 소실된 Ⅳ의 어형으로 둘러싸여 있는 속에서 'ㅸ'이 유지되는 어형이 남아 있음은 주목할 만하다고 하겠거니와 그것은 형태소 내부의 'ㅸ'보다는 접미사 앞의 'ㅸ'이 변화에서 견뎌내는 힘이 더 강하다는 것을 알려준다. 그리고 Ⅰⓒ의 어형은 충청남도 예산에서 사용된다.

Ⅱ의 어형은 경기도의 성남지역에서만 사용된다. 그리고 Ⅲ의 어형 중 '생이'는 경기도의 남양주와 양평 그리고 평안남도의 강서에서 사용되며 '생우'는 평안남도의 남부와 강원도의 동해안 지역에서 사용된다. 두 어형은 모두 격리된 지역에서 사용되고 있다는 점에서 공통된다. 언어지리학적 관점에서 보면, 지금은 이렇게 멀리 동떨어져 있으나 과거 어느 때는 그 중간이 이어져 있었을 것이라는 추측이 가능하다. 실제로 '생이'는 표준어인 '새우'가 급속도로 확산되기 전에는 서울지역에서도 사용되었다고 한다.

다음으로 Ⅳ의 어형은 황해도의 전지역과 대부분의 경기도와 강원도 지역 그리고 평안남도의 북부와 대부분의 평안북도 지역에서 사용된다. 그리고 Ⅳㄱ의 '새오'와 Ⅳㄴ의 '새옹개'는 각각 '새우', '새옹개'와 어중의 모음 '오'와 '우'의 대립을 가진다. 어중의 '오'를 가지는 어형은 충청남북도와 전라북도의 접경지역에서 주로 사용되는데, 그것은 형태소의 제2음절 이하의 '오'가 '우'로 되는 음운규칙이 그들 지역에서 세력을 가지지 못하였기 때문이다.

Ⅰ~Ⅳ의 어형에 속하지 않는 어형으로 '징검새'가 있다. 이것은 경상북도의 문경에서 사용된다. 이 어형은 '징거미'와 '새우' 또는 '새비'가 뒤섞

여서 만들어진 어형이므로 'ㅸ'과는 밀접한 관계를 가지지 않는 어형이다.

지금까지 논의는 주로 'ㅸ'과 관련된 어중의 자음을 중심으로 한 것이었다. 여기서는 잠시 '새우'에 통합된 접미사에 대하여 논의하기로 한다.

접미사에 의한 어형은 충청남도와 그 인접지역에서 심한 지역 차이를 보이고 있다. 이러한 지역차이를 일으키는 접미사는 크게 세 가지로 분류된다. 첫째는 '-앵이'계통의 접미사인데 이것이 통합된 어형으로는 '새배이', '새배랭이', '새뱅이', '나무새뱅이' 그리고 '새갱이'가 있다. 둘째는 '-웅지' 계통의 접미사다. 이것이 통합된 어형으로는 '새강지', '새웅지' 등이 있다. 셋째는 '-웅개'의 계통이다. 이것이 통합된 어형으로는 '새빙개', '새웅개', '새옹개'가 있다. '-웅지'계는 '앵이'계에 둘러싸여 있고, '-앵이'계의 남쪽에 '-웅개'계가 분포되어 있다.

접미사의 통합에 의한 어형을 제외하면 전국은 '새우'를 중심으로 크게 둘로 나뉜다. 하나는 어중에 'ㅂ'을 가지는 지역이고, 다른 하나는 어중에 'ㅂ'을 가지지 않은 지역이다. '새우'에 대한 15세기 중부지역의 어형이 '사ᄫㅣ'(saʒi)이므로, 어중에 'ㅂ'을 가지지 않은 지역은 'ㅸ>w'의 변화가 일어난 지역이며 어중에 'ㅂ'을 가진 지역은 'ㅸ>w'의 변화가 일어나기 전에 'ㅸ>ㅂ'의 변화가 일어난 지역이라 할 수 있다. 그 점에서 어중에 'ㅂ'을 가진 어형이 'ㅂ'을 가지지 않은 어형보다 예스럽다고 본다.

6) 겨울[kjəul](冬)
    유지 : 겨슬(경북 영천, 전남 구례, 함북 회령 · 길주)
        거실(경남 울주)
        계실(전남 광양)
        기실(경남 울주)
        저슬(경북 대구 · 울진, 전북 전주 · 임실 · 남원, 전남 구례, 제
            주 전지역)
    탈락 : 겨울(거의 전국적 분포)
        겨을(　　　〃　　　　)

7) 부엌[buək](廚)

　　　유지 : 부석(경남북, 전북 다수, 충남 홍성·금산·당진)
　　　　　　부섭(전남 나주)
　　　　　　부숙(경북 고령, 경남 함양·합천·진주·김해)
　　　　　　부숫개(함남북)
　　　　　　부식(경북 포항)
　　　탈락 : 부억(평안도를 제외한 전국적 분포)
　　　　　　비억(평북 태천·박천·후창·구성, 평남 용강·덕원·순천)
　　　　　　*정지(경상·전라도 대부분 지역, 기타 지역 산발적 분포)

8) 냉이[nŋi](薺)

　　　유지 : 나새이(함경·평안도를 제외한 전국적 분포)
　　　　　　나수래이(경남 거창)
　　　　　　나순개(전북 이리·남원·임실)
　　　　　　나숭개(전남북 다수 지역, 충남 강경·서천·금산)
　　　　　　나시(경북 안동·청송·상주·영덕, 경남 거제, 전남 해남·강
　　　　　　　　진, 충남 태안, 제주 서홍·태홍·가시, 함북 성진·길주,
　　　　　　　　함남 전지역)
　　　　　　나싱개(경남 남해, 충북 전지역, 충남 전지역, 전남 다수 지역)
　　　탈락 : 내이(경남 진주·거제·충무, 전북 이리, 황해 재령)
　　　　　　내이(함경도를 제외한 전지역)

1.5.2. 모음 대응

　남부방언과 북부방언 사이에는 자음대응과 마찬가지로 뚜렷한 모음대응
을 찾아 볼 수가 있다.

1.5.2.1. u ：i

1) 수수[susu](蜀黍)

　　㉠ susu(충남북, 경기, 강원, 황해, 평남)
　　　ʔsusu(전북)
　　㉡ susi(경남북, 전남)
　　　ʔsusi(전남북, 경남)
　　　ʔsuʔsi(경남)
　　　ʔsui(경남)
　　　suʔki(함남북, 강원, 경북)

2) 가루[karu](粉)

　　㉠ karu(대부분 지역, 경남북 일부, 전남북 일부)
　　　kallu(황해)
　　㉡ kari(전남북, 경남북)
　　　kalli(경남북)
　　　kalgi(주로 함남북 지방)

3) 노루[noru](獐)

　　㉠ noru(충남북, 경기, 강원, 평남북, 전북 일부, 경남북 일부)
　　㉡ nori(제주, 전남북, 경남북, 강원 일부)
　　　nolgaʤi, nolgi(함남북)

4) 자루[ʧaru](柄)

　　㉠ ʧaru(충남북, 강원, 황해, 평남북, 경기, 전북 일부, 경남북 일부)
　　㉡ ʧari(전남북, 경남북, 강원 일부)
　　　ʧalgi(함남북)

1.5.2.2. i : u

1) 나비[nabi](蝶)

ㄱ nabi(충남북, 강원, 황해, 평남북, 전남북 일부, 경남북 일부)
ㄴ nabu(전남북, 경남북, 충남북 일부, 강원 일부)

2) 도끼[toʔki](斧)

ㄱ toʔki(충남북, 강원, 황해, 평남북, 경남북 일부, 경기)
ㄴ toʔku(강원, 경남북, 충북 일부)

3) 종이[tʃoɲi](紙)

ㄱ tʃoɲi(충남북, 강원, 황해, 평남북, 경기, 전남북 일부, 경남북 일부)
ㄴ tʃoɲu(전남북, 경남북, 함남)
　 tʃou(경남북 일부)

4) 침[tʃʼim](唾液)

ㄱ tʃʼim(경남북, 강원, 황해, 경기, 평남북, 함남 일부, 전남북 일부)
ㄴ tʃʼum(전남북, 제주, 경남북, 충남, 충북 일부, 함북 일부)

1.5.2.3. u : o

1) 기둥[kiduŋ](柱)

ㄱ kiduŋ(경기, 강원, 황해, 평남북)
　 tʃiduŋ(충남북, 경기, 강원, 함남)
ㄴ kidoŋ(충남북)
　 tʃidoŋ(제주, 전남북, 경남북, 충북)

2) 개구리[kɛguri](蛙)

㉠ kɛguri(충북, 강원, 황해, 평남북, 경북 일부, 함남 일부, 경기)
   ʔkɛguri(충남북, 경기)
㉡ kɛgori(전남북, 충남)
   ʔkɛgori(전남북, 경남북, 강원)
   ʔkɛgoraktʃi(전남, 강원)

3) 메추라기[metʃhuragi](鶉)

   ㉠ metʃhuregi(경기, 충남북)
      metʃhuri(전남북, 경남북)
   ㉡ metʃhori(강원, 충북, 황해, 전남북 일부, 경남북 일부)

4) 아욱[auk](葵)

   ㉠ auk(충북, 강원, 황해, 평북, 경기)
   ㉡ aok(전남북, 경남북)

1.5.2.4. o : u

1) 손톱[sonthop](指爪)

   ㉠ sonthop(충남북, 황해, 전북 일부, 경북 일부, 경기)
   ㉡ sonthup(전남북, 경남북, 충남북 일부, 강원 일부)

2) 송곳[so:ŋgot](錐)

   ㉠ so:ŋgot(충북, 강원, 경기, 황해, 평남북)
   ㉡ so:ŋgut(전남북, 제주, 경남북, 충남북 일부)

3) 저고리[tʃəgori](上衣)

   ㉠ tʃəgori(충북, 강원, 경기, 황해, 평남북)
   ㉡ tʃəguri(전남북, 경남북)

4) 가오리[kaori](赤䰶)

    ㉠ kaori(충남북, 전남북, 경남북 일부, 강원, 경기, 황해)
       kɛori(전남 일부)
    ㉡ kauri(경남북, 전남북)
       kaburi(경남북, 함남북, 강원 일부)

1.5.2.5. ɨ : ə

1) 읍[ɨp](邑)

    ㉠ ɨp(전국적)
    ㉡ əp(경남북, 전남 일부, 강원 일부, 충남 일부)

2) 들[tɨl](野)

    ㉠ tɨl(전국적)
    ㉡ təl(경남북, 전남 일부)

3) 틈[thɨm](隙)

    ㉠ thɨm(전국적)
    ㉡ thəm(경남북)

1.5.2.6. ɨ : i

1) 그림[kɨrim](畵)

    ㉠ kɨrim(전국적)
    ㉡ kirim(전남북, 충남 일부, 경남북)

2) 끓이다[ʔkɨlida](使沸)

    ㉠ ʔkɨrinda(전국적)
    ㉡ ʔkirinda(전남북, 경남북, 충남 일부)

3) 드리다[tɨrida](獻)

    ㉠ tɨrinda(전국적)

    ㉡ tirinda(전남북, 경남북, 충남 일부)

4) 오르다[orɨda](登)

    ㉠ orɨda(전국적)

    ㉡ orinda(경남북)

1.5.2.7. '·' 모음의 변화로 인한 a : o의 대응

1) 팥[phat](小豆, 퐅)

    ㉠ phat(전국적)

    ㉡ phot(전남북, 경남), photʃhi(함북)

2) 말[mal](馬, 몰)

    ㉠ mal(전국적)

    ㉡ mol(전남북, 경남, 함남북), mori(함북)

3) 파리[phari](蠅, 폴)

    ㉠ phari(전국적)

    ㉡ phori(전남북, 경남, 함남북 일부), phorɛŋi(경남 일부)

4) 팔[phal](벽)

    ㉠ phal(전국적)

    ㉡ phol?kɛ(전남), phori(함북), phol?tuk(전남북)

1.6. 방언조사 방법의 제문제

1.6.1. 일반적인 제문제

　지방 사람들은 그 지방의 방언을 일상 용어로 사용하기 때문에 자료는 무한정으로 풍부하다. 방언학에서는 이 방언을 연구하는 방법론이 중요하다. 우리는 그 지방의 방언을 정확하게 기술하기가 어렵다. 표준어의 통일 작용, 교통의 발달, 교육의 보급 등은 방언의 차이를 없게 하고, 그 결과 학생들, 노년층, 유식층, 무식층 사이의 언어 차이를 좁히고, 남자와 여자의 언어 차이를 없게 만든다. 언어차는 농촌보다는 시읍이, 시읍보다는 대도시에서 심하게 나타난다. 그리고 방언은 파동의 중심점에서 전파 유동되기 때문에 유동방언만을 조사하면 혼란만을 초래하게 된다.

1.6.2. 방언 조사 방법

1) 조사자는 현지에 도착해서 소정의 조사표와 안내서에 따라 면접조사를 시작한다.
2) 조사대상 언어는 피조사자가 자신이 현재 사용하고 있는 언어 또는 소년시대 때 사용한 일이 있었던 언어로, 피조사자가 무심히 쉬고 있을 때나, 친근한 사람들(가족, 친구)과 이야기할 때 사용하는 언어를 조사해야 한다.
3) 피조사자는 60세 이상 된 사람으로서 적어도 3년 이상 외지에 나아가 생활하지 않은 그 지방 사람이 적격자다. 대대로 그 지방에 살아온 사람이면 더욱 좋다.
4) 피조사자는 1지점에 대하여 1명으로 정하고 그 사람에게 항목 전부를 조사한다. 조사 지역 선정은 지형, 교통을 참작해서 현지에 도착한 후 그 지방인의 의견을 참조하여 정한다.
5) 피조사자를 선정할 때 직업, 학력, 계층으로 보아 그 지점을 평균적으로 대표할 수 있는 사람이 바람직하다.

㉠ 언어 감각이 예민한 사람, 의미의 뉴앙스 차이에 민감한 사람, 질
문에 적절한 대답을 할 수 있는 사람, 방언과 공통어, 경어와 비어,
일상어와 비일상어의 구별이 분명한 사람이 적격자다.
㉡ 평상시 그 지역의 같은 연령층의 사람들과 충분할 정도로 방언을
사용하고 있는 사람이어야 한다.
㉢ 정신적 육체적으로 결함이 없는 사람이어야 한다. 노망기, 치아상
실자, 청력시력 불량자 등은 부적격자다.
㉣ 조사에 협조적이고 반응이 빠르며 쓸데없는 말을 하지 않는 사람
이어야 한다.
㉤ 언어 형성기를 넘지 않은 10~15세 정도의 연소자도 좋다. 이들은
방언과 표준어의 구별이 가능하고 할아버지와 할머니의 말을 기
억하고 있고 유동어에 민감하기 때문이다.

위와 같은 적절한 피조사자가 선정되면 방언조사는 어휘, 음운, 형태, 성
조의 4부분으로 나누어 실시한다.

1.6.3. 기본어휘의 선택 문제

방언조사의 기준이 되는 표준어를 '기본어휘'라고 한다. 어휘조사는 방
언조사의 기본작업이므로 어떤 어휘를 선택하느냐 하는 문제는 중요하다.
기본어휘는 옛날부터 우리 민족에 친근했던 산천 지리 등의 어휘, 우리 민
족의 고유한 문화, 人事, 관습, 사실 등에 관련된 어휘들이 적절하다. 기록
하는 방법은 '고어-표준어-방언'의 순서로 기록한다. 이렇게 하면 한 어
휘의 통시적 공시적 과정을 밝힐 수 있다.
기본어휘의 기록방식은 ㄱ) ㄱ, ㄴ, ㄷ, ㄹ, … 순으로 기록한다. ㄴ) 어휘
를 천문류, 지리류, 인류류 등으로 유별해서 기록한다.

ㄴ) 방식의 예
① 중종 22년에 간행된 최세진의 <훈몽자회>

② 중국 명나라 洪武 15년에 편찬되고, 동 22년에 간행된 <華夷譯語
> 중의 <朝鮮館譯語>는 一, 天文門, …, 十九, 通用門으로 유별되
어 있음.
③ 실질적으로 방언연구에 분류된 예는 소창진평의 분류 방법임.

그러면 소창의 분류 중 '천문'류의 예를 보면 다음과 같다.

하늘(天), 해(日), 햇무리(日暈), 일식, 볕, 새벽, 석양, 주야, 달무리, 월
식, 별, 바람, 소소리바람(旋風), 북풍, 샛바람(東風), 노을, 아지랑이, 무
지개, 번개, 벼락, 비, 가랑비, 눈, 우박, 고드름, 천지

다음은 최학근의 <한국방언사전>의 예를 보인 것이다.

천문, 지리, 시후, 방위, 친족, 인사, 인체, 가옥, 음식, 식기, 질병, 기
구, 복식, 금석, 화과, 곡류, 초목, 비금, 수류, 어패류, 곤충류, 도량형,
부사, 형용사, 동사─25부류

이 중 '지리'류의 예를 보기로 한다.

갓가, 강, 개, 개울, 갯물, 거리, 거품, 고개, 고랑, 고을, 골목, 골짜기,
곶(岬), 구덩이, 구레(땅, 바위가 움푹 패어 들어간 곳), 구멍, 길, 나루,
뉘누리(물이 흘러 내뻗는 속도, 물살), 늪, 도랑, 돌, 두둑, 들, 땅, 마당,
마루터기, 마을, 먼지, 멀미, 메아리, 멧갓(언덕), 멧부리, 모래, 모퉁이,
못, 무덤, 물가, 물결, 뭍, 바다, 바닥, 바위, 벌, 벼랑, 봉우리, 산기슭, 산
등성마루, 샘, 샛길, 수채, 시골, 시궁창, 시내, 언덕, 여울, 우물, 웅덩이,
이랑, 자갈, 재, 저자, 진흙, 티끌, 흙, 흙덩이─65개 어휘.

1.6.4. 음운조사

방언의 음운조사는 어휘조사와 형태조사 상호간에 연관성 있게 이루어

져야 한다. 방언조사에서 가장 중요한 문제는 표기법이다. 각인각색의 표기법보다는 통일된 표기방식을 써야 한다. 음운조사는 한 방언의 전체적인 음운체계를 확립시켜야 한다. 예컨대, 경상도 방언의 모음체계, 전라도 방언의 모음체계, 제주도 방언의 모음체계 이런 것들인데 중앙어와 비교하면서 이루어져야 한다.(金永松의 <경남방언의 음운-방언조사의 방법론 시도>)

각 방언에서 음운적으로 특이한 현상을 조사하여야 한다. 이 특이현상은 국어의 원시음운과 관련이 있을 수 있기 때문이다. 이런 연구 업적물로는 최학근의 논문 '중간자음현상', '어중자음군 현상', '어두자음군의 농음화' 등을 들 수 있다.

고문헌에 나타나는 특수음운 'Δ, ㅸ, ㆁ, ㆍ'들은 표준어와 방언현상들을 비교하면서 이들이 원음운에서 변천해온 과정, 변천양상, 변천원인 등을 구명해야 한다. 예로 소창진평의 '[z](Δ)'(조선방언학연구), '狐'(〃)와 이숭녕의 'ㆍ'음고(한국문화총서 제1권), '순음고'(서울대논문집 제1집), 'Δ 음고'(〃제3집), 최현배의 '없어진 글자의 상고'(한글갈), 하야육랑의 '鋏語考'(조선방언학시고) 등을 들 수 있다.

각 방언간의 음운대응에 대한 연구는 국어 방언간의 역사적 현상을 측정할 자료가 된다.—최학근의 '국어방언간에 존재하는 모음대응, 중가자음을 유지하는 방언과 탈락시키는 방언 사이의 음운대응도 조사해야 한다. 또 경상도 방언을 중심으로 한 성조도 연구해야 한다.—허웅의 '경상도 방언의 성조', 장태진의 '방점연구-특히 형태론적 과정에서-'

1.6.5. 어법연구

어법조사는 힘든 분야인데, 우선 종결어미부터 조사한다. 다음에 경상도 방언에서 사용되는 종결어미를 최학근의 <한국방언연구>에서 예를 들어 보기로 한다.

가. 의문 질의형
나. 명령 권유형
다. 대답 긍정형

의문종지사
-까? -가? -깨? -강? -꺼? -껴? -꼬? -고?
-께? -공? -교? -꾜? -나? -냐? -노? -뇨?
-네? -니? -다? -도? -더? -든? -데? -디?
-라? -로? -리? -를? -레? -마? -소? -오?
-와? -예? -아? -요? -야? -제? -쩨? -지? -찌?

종지사가 중복된 것
-까다? -까더? -까이다? -까이더?
-가더? -가다? -가이다? -가이더?
-지다? -지더?

   방언조사에서 잊지 말아야 할 것은 동사 형용사의 활용, 조사, 접두 접미
사의 용법, 부사의 변화 등을 조사하여 볼 것도 명심해야 한다.

2. 방언과 특수어

   세계 모든 민족의 언어는 표준어와 구어로 나누어진다. 과거 로마제국의
언어는 Roman어와 Latin어로 나뉘었고, 현재 불어도 표준불란서어와 구어
로, 그리고 중국어도 官話와 白話로 나뉜다.

   국어에는 卑語(slang), 隱語(argot), 특수어(special language) 등으로 나뉘는
데 특수어는 계급, 직업에 따라 여러 종류로 나뉜다. '법률어', '학자어',
'의사어', '군대어', '학생어', '상인어', '걸인어', '지게꾼어', '도적어', '범
죄어', '산삼채취자어' 등을 들 수 있다. 이런 특수어는 통상어를 피하고 타

인이 알아들을 수 없는 언어를 사용한다.

2.1. 비 어

비어는 주로 하류계급이나 빈민계급에만 사용되고 있는 점이 특색이다. 그런데 어느 언어에나 비어의 발생 역사는 오래다. Egypt, Babylon의 고문자에는 비어와 관련된 것으로 추정되는 기록들이 있다고 한다.

비어의 발생과정은 통상어가 너무 진부하다고 느껴져서 새로운 것을 요구하는 욕망을 만족시키려는 동기 또는 해학 쾌감을 주는 것을 요구하는 욕망을 충족시키려는 동기나 현용 통상어에 어떤 변화를 가함으로써 정상 보편적인 것에 대한 반감을 표현하려고 이것을 戲畵하려는 동기에서 발생한다.

비어는 본질상 항상 신선하고 새로운 맛이 있어야 하기 때문에 단명한다. 그러나 비어 중에는 통상어로 굳어져 사전에 등재되는 것도 있다. 우리 국어의 '삐긴다, 꼴불견, 멍텅구리, 구두쇠' 같은 말들이 그런 것들이고, 영어의 'awful, terrible, horrid, lovely'도 이런 말들이라고 한다.

비어는 상류계급이나 하류계급에 다 존재하는 바 상류계급의 비어를 '표준비어'라 한다. Oxford, Cambridge대학의 비어, 영국 의회, 영국 해군 육군의 비어는 유명하다고 한다.

비어는 흔히 외국어와 접촉에서 제조되는데 국어의 경우를 보면, 궁구레(콘크리트), 마루대(丸太), 마메콩, 모찌떡, 마선(재봉침, machine, 경상 함경 지역에서 사용), 노리깽이(換乘), 나주와(radio, 전라도 지방), 호야(등잔, 경상도지방), 징글랜드, 그마니스트, 후라이깐다, 까시한다.

군대비어로는 강신항(1957)의 '군대비속어에 대하여'에서 보면, Mass(Miss와 Mrs의 중간), 아다라시(처녀), 후루마이(유부녀), 마이크(입), 라이트(눈),

낫그릇(no good), 굴멋니(good morning), 쎄이모 쎄이모(same same), 위치카나
두?(What can I do?), 맨노맨(사람이 사람같지 않느냐?), UN마담(양공주), 스
탠딩(섰다), 오끼나와(항복), Winston Churchil 면회 간다(WC에 간다) 등이
있다.

서구어에서는 통상어휘의 단축형으로 비어를 만든다. omnibus-bus,
kilogram-kilo, automobil-auto, laboratory-lab, gymnasium-gym, mathematics-maths,
memorandom-memo, influenza-flu, Y.M.C.A, Y.W.C.A 등의 예를 들 수 있다.

2.2. 은 어

은어(隱語, jargon, argot, cant, flash)는 주로 도적, 부랑배, 악당들에 의하여
사용되고, 그들의 언어를 통상인들이 이해하지 못하게 하고, 그들의 행동
을 그들 사이에만 비밀을 지키려는 욕망에서 발생하게 된다. 세계 어느 언
어에나 은어는 존재한다. 우리나라는 6·25전란으로 인한 전재민, 전쟁고
아, 상이군인 등의 범람은 법률위반자, 걸인단체가 도처에 조성되어 극장
가, 역, 번화가를 중심으로 gang패, 어깨패, 걸인집단이 이루어져 은어가 무
수히 발생했다.

2.2.1. 인물에 관한 것

까이(여자), 깔치(기혼자), 개비리(꼽추), 똘마니(부하걸인), 양아치(걸
인), 왕초, 게비(아버지 혹은 선생), 걸똘마니(밥 얻어 먹는 똘마니), 게비
짱(신사), 곡사이(문둥이), 꼬즈바라(시내를 돌아 다니는 양아치), 꼰데
(노인) 등.

16세기에 영국의 걸인 부랑배들은 은어문자를 고안하여 서로 서신 연락

을 하고 걸식 안내도를 작성한 바 있다고 한다. 그들의 암호 기호로써 어느 집에는 개가 사나우니 위험하다, 어느 집은 주인의 성질이 고약하니 조심하라, 어느 집은 인심이 후한 과부집이니 반드시 들려라, 어느 집은 몰래 침입하기가 쉬우니 물건을 도둑질할 만하다 등등의 표시를 했다고 한다.

2.2.2. 유통업계의 상인들의 은어

이들 은어는 시장이나 백화점 등 유통업계에서 쓰이는 말로 주로 일본어 등에서 유래된 것이 많아 쇼핑할 때 알아두면 적잖이 도움이 된다.

> 땡땡이–의류시장에서 많이 쓰인다. 불황으로 재고가 많이 쌓이면서 유명 브랜드 제품 등을 소비자 가격과는 관계없이 무게로 달아 파는 행위를 일컫는다.
>
> 삥친다–핸드백 등 중소 생산업체들이 자금난을 덜기 위해 내놓은 물건을 헐값에 대량으로 사들여 백화점 등에 점두판매용품으로 되파는 것을 말한다.
>
> 도리빵과 칼질하다–농수산물 경매에 나온 물건을 한 사람이 모두 사들이거나 같은 품목을 집중적으로 매입하는 것을 뜻하며 ‘칼질한다’는 상대방의 약점을 이용하여 가격을 후려치는 행위를 가리킨다.
>
> 앙꼬박았다–농산물시장에서 많이 사용되며 상자에 과일을 담을 때 겉으로는 좋은 물건을 진열하고 속에는 질이 떨어지는 제품을 넣은 것을 말한다.
>
> 드레스–대구, 동태 등 냉동수산물 중 머리가 잘려나간 것을 뜻한다.
>
> 다다구리친다–남대문시장 등 재래시장의 길목에서 리어커 위에 상품을 진열해 ‘골라골라’란 식으로 물건을 파는 행위를 가리킨다.
>
> 랜딩비와 장끼–제약회사 판매요원들 사이에서 통용되는 유통은어로 병원 등 대형 의약품 소비처와 첫 거래를 할 때 쓰는 로비 비용을 뜻하며, 장부를 기록한다는 뜻인 장끼는 세금계산서의 다른 표현이다.

꽈대기와 빽룸-편의점에서 주로 통하는 은어인 꽈대기는 맥주나 음료
　　박스를 통째로 지고 나르는 작업을 말하며 빽룸은 진열되지 않은
　　상품을 보관하는 편의점 내 창고를 가리킨다.

2.2.3. 중고등 학생들의 은어

　요즘 수원지역을 중심으로 한 중부방언권의 중고등 학생들의 은어를 조
사하여 보면 다음과 같은 것들을 발견할 수가 있다.

　　생일빵-생일날 선물을 주고 돌아가며 때리는 일.
　　왕따-말도 걸지 않고 혼자 따돌림을 받는 것.
　　짱, 구라-거짓말.
　　과자, 떡-담배.
　　따닥, 빵, 빠가리-라이터.
　　띠껍냐, 꼽냐?-불만 있냐?
　　뽀록났다-잘못을 저질은 사실을 들켰다.
　　짜즈라, 짜져-가라.
　　까다-때리다.
　　좁밥-싸움도 못하고 까부는 아이.
　　삑사리, 삑살-이야기 또는 행동이 처음에는 제대로 가다가 갑자기
　　　　다른 길로 빠지는 것.
　　좆나-많이, 상당히.
　　야리다-버르장머리 없이 대들다. 까불다.
　　재수털려-재수가 되게 없네.
　　씹다-욕하다.
　　주뎅이-볼, 얼굴의 일부.
　　맞짱뜨다-맞부딪치다.
　　까발리다-담배를 피우다.
　　깔-여자 친구.
　　야리-구름과자, 담배.

쪽밥-따돌림을 받는 아이.

만두집-만나서 두들기는 집.

담탱이-담임.

빡돈다-열받는다.

맞바리 뜬다-싸움한다.

야려본다-째려본다.

숑간다-반한다.

삥-돈 빼앗는 것.

떡치기-때려서 돈 빼앗는 것.

떡집-집 터는 것.

개깡-별것도 아닌 것이 폼잡는다.

고삐리-고등학생.

톡까다-도망가다.

모닥-함께 한 명을 때리다.

수박턴다-몹시 화가난다.

I.B.M-이미 버린 몸.

아리랑-날치기.

콩까다-성교하다.

백깔-가수 뒤에서 춤추는 사람들.

여의도-양지의 광장 오락실.

전당포-예술의 전당.

백짱-집안 배경이 좋은 우두머리.

박돌다-열받는다. 화가난다.

학교-교도소.

꼰대-아버지, 선생님.

쎈타-남의 몸을 뒤지다.

몸 시내루-오토바이를 탈 때 몸으로 커브를 틀다.

식후빵-밥을 먹고 피우는 담배.

맹꽁이-운동화의 일종 즉 단화.

꼽살리다-강자가 약자를 놀리고 따돌리다.

뺀찌-여러 명이 놀 때 한 명을 따돌리다.

독사-당구를 잘 치는 사람.

으바리, 찐따-덜 떨어진 아이.

니주가리 씨빠빠-못생긴 아이.

따순이-따돌림 받는 아이.

따돌이-따돌림 받는 남자.

범생이-모범생.

중딩, 대딩-중학생, 대학생.

벌자-부자들.

돗대-마지막 남은 담배.

먹튀-먹고 돈 안 내고 도망감.

엄창아변-엄마 창녀, 아빠 변태.

쌩깠다-모른 체하다.

2.2.4. 금기어

禁忌의 동기에서 은어가 발생하기도 한다. 예컨대, 호랑이를 지칭할 때 낮에는 '호랑이'라고 하고, 밤에는 '산신령, 산중양반'으로 부르는 경우다. 이런 식으로 뱀을 긴 것 또는 점잖은 놈, 구렁이를 용, 원숭이를 재주덩어리, 곰을 희랍어에서는 arktos, 덴마크어로 bjørn, 독어로 är, 영어로 bear, 야쿠트족에서는 '나의 주인, 유명한 할아버지, 아버지'라 부르고 있는데 이는 모두 금기의 뜻이 있다.

또 국어에서 죽음을 '갔다, 돌아갔다, 떠났다, 세상 떠나셨다'로 표현하고 산삼채취자들은 은어로 대상물을 신성시해서 그 명칭을 직접 호칭하기를 꺼린다.

이와 같이 은어는 특정한 사회집단에서 은비를 목적으로 관습화된 언어로서 특수어다. 순수한 우리말로는 변말이라 한다.

3. 방언학사

3.1. 일반 방언학사

방언학의 역사는 길다고 볼 수 있다. 중국에서는 전한시대에 揚雄이란 사람이 이미 <方言>이라는 책을 낸 바가 있다. 고대 희랍에서도 언어가 지방에 따라 차이가 있음을 인식하여 Ionia, Aealia, Doria 지방의 언어를 수집하였다고 한다. 희랍에는 최초에는 문헌어가 존재하지 않아서 장편서사시는 각 지방어로 기록되었고, Iliad, Odyssey와 같은 장편서사시를 해독하기 위해서 고어 연구를 착수하였는데, 고어연구는 지방어와 면밀한 대조가 요망되므로 지방어의 수집이 필요하게 되었다. 그러나 지방어의 수집 대조만으로는 방언연구라 할 수는 없었다.

중세 유럽에 이르러서는 유일한 문헌어는 라틴어고 다만 종교적 필요에 의하여 Hebrew어, Arabia어가 연구되었다. 방언에 관련된 저서로는 P.S Pallas의 <세계어휘집>(1786 초판)인데, 이는 러시아 Catharine 여제의 명에 의하여 저술된 것으로 기독교 선교와 무역을 목적으로 쓰여진 것이다. 총 285어휘에 대한 유럽 아시아에 걸친 200언어의 어휘집인데, 재판(1791)에는 아프리카, 아메리카 각지의 어휘 80어가 더 첨가되었다. 또 J.C Adelung 과 J.S Vater의 어휘집 <Mithridates>(1806~1817)에는 500언어의 어휘가 수집되어 있다.

18세기 문법학자들은 언어의 지방차는 문헌어를 제외하고는 대개가 지방의 무식한 농민들에 의하여 어형이 변형된 것이며 문헌어만이 그 원래의 후계어이고 정통적인 변화 과정을 보이는 것이라고 주장하였다.

그러나 역사언어학자들은 이와는 반대로 오히려 지방어에 그 언어의 전통적 고대 단계의 유지성이 농후하며 문헌어는 후대 정치 사정에 의하여 문헌어가 되었을 뿐으로 다른 지방어와 동일한 지방어에 불과하여 절대로 정통적인 후계어는 아니고 고대어 단계의 유지가 농후한 것도 아니며 오히려 제일 많이 변화된 것일 가능성이 높다고 주장하였다.

그러다가 19세기 초부터 방언학에 대한 본격적인 관심을 보이기 시작하여 많은 업적들이 나타나게 되었다. 그 업적들을 살펴보면 다음과 같다.

- Stalder : 독일인, <Schweizerischen Dialectologie>(1819)
- John Adras Schmeller : 독일인, <Bayerischer Gramatik>(1821)
- Diez : 독일인, Roman어학의 창시자, 불란서 방언의 최초의 분류자, <Gramatik der romanischen Sprachen>(1836)
- Gilliéron : 불란서인, <Commune Vionnaz 縣의 俚語>(1880), Alps산 부근 지방의 언어를 조사한 것으로 고어가 풍부하다.
- Gerg Wenker : <Das rheinsche Platt,Dusseldorf>(1877), 최초의 방언지리학적 고찰이다.
- Gilliéron(1882) : 파리에 고등학술원을 설치하여 방언학을 교수하고 방언 잡지를 창간하였다.
- Gilliéron : <L'Atlas linguistique de la France> (불란서 언어지도, 1902)
- Garnett : 영국인, <The English Dialect Dictionary>(1898). 후에 Joseph Wright <English Dialect Dictionary> 6권. <Dialect Grammar>. A.J Elis <Early English Pronunciation> 5권
- 일본국립국어연구소 지방언어연구실편 : <일본언어지도> 6집. 이 책은 일본 전국의 일본어 영역을 2400개소로 구분하고 방언연구자 61명이 참가하여 10개년에 걸쳐 저술함으로써 현대 일본어의 지리적 분포와 언어변화의 형식 요인 등을 해명하고 있다.

3.2. 국어 방언학사

중국 前漢시대의 揚雄은 <朝鮮洌水之間>의 方言은 요동지방으로부터

평안도에 걸친 방언을 집록한 것 같다.

　또 <海東繹史>의 편자는 '浿水以南至漢之謂也'라 하여 방언지역을 가리키고 있는 바 이들이 지적한 것은 모두 우리 국어와는 무관한 중국어인 듯하다. 어떻든 이들이 방언이라고 지적한 것들을 몇 열거하여 보면 다음과 같다.

　　　　小兒泣而不止曰 暄
　　　　木細枝 謂之 策
　　　　鷄伏卵而未孚 始化之時 謂之 煌
　　　　瞳之子謂之曰 肝

중국의 사서들은 방언과 관련된 다음과 같은 기록들을 보여 주고 있다.

　　　<後漢書>에 '辰韓其名國爲邦 弓爲弧 賊爲寇 行酒爲行觴 相號爲徒....'
　　　　　이것도 중국어의 기록인 듯하다.
　　　<三國志>에 '高句麗言語 多與夫餘同 呼相以爲位 溝漊者 句麗名城也'
　　　<梁書新羅條>에 '其俗呼城曰健牟羅 其邑在內曰啄評 在外曰邑勒 其冠
　　　　　曰遺子 禮衣需曰 尉解 袴曰柯半 靴曰洗'
　　　<兩朝平壤錄>에 '西干 新羅方言君也'
　　　<海平統宗>에 '新羅謂絹曰帛及' '帛及'은 '깁'의 음사인 듯하다.
　　　<梁書百濟條>에 '百濟號所治城曰固麻 謂邑曰檐魯 如中國之言 郡縣也
　　　　　今言語略與高麗同 呼幅曰複 衫袴曰褌....'
　　　<後周書百濟條>에 '百濟王號於羅瑕 民號謂鞬吉支 夏言並王也 妻號於
　　　　　陸 夏言妃也'
　　　<高麗博學記>에 '酉禾 名大刀圭 醒酉胡 名小刀圭 酪名水刀圭 亂腐名
　　　　　草創刀圭 又云霧曰迷空步障霜曰威屑 露曰敎水 雹曰泳子 虹曰氣
　　　　　母 星曰屑金'
　　　<高麗圖經>에 '麗人謂笠爲軋 謂刺謂毛 爲苦苫苫'
　　　<册府元龜>에 '渤海俗呼其王爲可毒大(唐書大作夫)對面爲聖王 牋表呼

基下 王之父曰老王 母曰太妃 妻曰貴妃 長子曰副王 諸子曰王子'

다음에 국내의 기록을 보기로 한다. 국내 기록으로는 향가를 위시하여 고려 때 宋人 孫穆의 <鷄林類事>와 明代 洪武 15년(1382)에 大源潔과 馬沙亦黑이 편찬한 <華夷譯語> 중 <朝鮮館譯語>를 들 수 있고 이 중 <계림유사>의 高麗方言은 귀중한 자료가 된다.

이조말기 정조조 李德懋의 <寒竹堂涉筆>(靑莊舘全書)에는 신라방언이라 하여 현재 경북 상주방언을 약간 기록하고 있다. 다음에 그 보기를 보인다.

"新羅方言 爲官長能習方言可通俗情 余初到沙郵 吏隷之言驟聽不可解
蓋新羅方言也余之言吏隷亦不能曉 事多言謬 錯 居無何 余頗習方言 遂
以方言臨民 嘗收조納倉余試分付 官隷曰居稊不完則羅洛必漏 以請伊簸
颺然後堅縛沙暢歸納于丁支間 適有京客在坐掩口而笑曰此是何語 余一
一釋訓曰居稊者苫也 羅洛者稻也 請伊者 箕也 沙暢歸者 藁索也丁支間
庫也"

이조 정조조 洪良浩의 <北塞記略> 가운데 <孔州風土記>에는 함경도 경흥지방의 방언이 있다. 몇 개 적기하여 본다.

"面 謂之 社,民 謂之 鄕徒, 鄕族 謂之 品官,自南徒者 謂之 入居,里中
共事 謂之 風俗, 山峰 謂之 嶂,巫覡 謂之 師,門曰 烏喇,高阜曰德,邊涯曰
城,墻壁曰築,淺灘曰滕,猫曰虎樣,葺牛曰輪道里,鳥網曰彈,南曰前,北曰後,
小車曰跋高"

서양인의 기록으로는 M. Putsillo의 <노어사전>(1874)이 있는데 여기에는 함경도 방언이 기록되어 있다. 서울대 도서관 및 일본 동양문고에 보관되어 있는 귀중본이다.

우리나라 초기의 방언연구는 아래와 같은 저서를 통하여 그 성과를 규지할 수 있다.

· 小倉進平 : <朝鮮方言硏究>上下권

1911~1933년까지 20여 년간 방언연구로 소창은 방언 채집의 목적을 새로이 얻어진 자료에 의하여 종래의 어휘의 부족을 보충하는데 있는 것은 말할 것도 없으나 이것보다 더 중대한 사명은 산 언어의 연구로 언어학 내지 방언학의 발달에 어떠한 공헌을 하려고 하는 점에 있다고 말하였다.(조선방언학연구 하 p.6) 상권 자료편의 소창의 선택어휘는 천문 27어, 시후 17어, 지리·하해 40어, 방위 15어, 인류 59어, 신체 55어, 가옥 39어, 복식 51어, 음식 53어, 농경 30어, 화과 14어, 채소 38어, 금석 11어, 기구 76어, 주차 11어, 비금 29어, 주수 61어, 수족 18어, 곤충·파충류 27어, 초목 26어, 형용사 36어, 동사 70어, 조동사 426어, 부사 19어, 조사 24어, 접두사·접미사 7어, 구·단문 7어, 잡 33어로 구분되어 총어휘 1320어를 전국 285지점으로 나누어 수집하였다.

조사지점은 전남 29, 전북 15, 경남 21, 경북 26, 충남 22, 충북 23, 경기 20, 강원 26, 황해 18, 함남 20, 함북 15, 평남 17, 평북 20 지점으로 나누었다.

소창의 방언구획은 다음과 같다.

> (1) 경상방언 : 경남북 전부, 강원도 울진·평해를 경계로 하는데 이 방언의 여파는 전남북의 동부에 미친다. 충북과는 도계와 일치하나 상호간 복잡한 교섭이 있다.
> (2) 전라방언 : 전남북 전부, 제주도와 무주·금산은 제외, 충남방언에 현저한 영향을 준다.
> (3) 함경방언 : 함북 전부, 함남의 정평 이북 전부, 영흥 이남은 경기방언에 속한다.
> (4) 평안방언 : 평남북 전부, 압록강 상류, 후창 지방은 함경도 방언의

영향이 농후하다.
(5) 경기방언 : 경기도, 충남북, 강원도, 황해도의 대부분, 함남의 영흥
    이남 지역, 전북의 무주·금산 지역.
(6) 제주방언 : 전남방언과 친밀하나 독립된 방언으로 취급할 가치가 있
    다.

·河野六郎 : <朝鮮方言學試攷>

1945년에 출간한 책으로 이 책 가운데 '鋏'어의 역사적 변천 설명은 탁견
을 보여 주고 있다. 다음에 그 개요를 들어 보기로 한다.

이 단어는 계림유사에는 '剪刀曰割子蓋'로 되어 있다. 그래서 '割子蓋'가
원형이라고 보고 있다. 이는 경상도방언의 '가시개[ka-si-kɛ]'와 일치하는 것
으로 생각하였다. 발달과정은 '割子蓋→ㄱ새→ㄱ애→가위'의 과정을 밟은
것으로 본 것이다. 그래서 현재 쓰이는 '가위'까지의 변천과정에는 다음과
같은 4종류의 음운규칙이 작용한 것이다.

(1) ㆍ음

이조 초기의 문헌에서 'ㆍ'를 제1음절(제2음절)에 가지는 어휘를 조사하
여 선행자음이 순음인 것과 아닌 것으로 구분하여 순음인 것을 제외한 'ㆍ'
음의 방언에 반사된 변화를 조사하여 본 바, [a, ja, ɛ, e, i, o, ɔ, ɯ, w] 등
10여 가지의 모음으로 변한 것을 알 수 있다. 이들 모음을 혀의 위치에서
보면,

전설모음 : [w], [e], [ɛ], [i]
중설모음 : [ɯ], [ə], [a]
후설모음 : [o], [ɛ], [ɔ]

이와 같이 되어 'ㆍ'의 음가를 [ʌ]로 추정하였다.

(2) ▵ 음

초기문헌에 '▵'음을 포함하는 어휘를 현방언에서의 분포상태를 조사한
후, 다음과 같은 결과를 내놓았다.

1) 남선, 북선, 제주도에는 [s]로 나타난다.
2) 중선, 서선에는 [s]는 보이지 않고, ① 하등의 흔적을 남기지 않는
   것, ② [-w-]로 발달된 것, 중선, 서선에 걸친 넓은 지역에 ③ [-j-]로
   발달된 것—②보다는 일반적이 아니다.

소창은 '▵'이 남선 북선에서는 [z>s]로, 중선, 서선에서는 [z>o]로 변한
것이라 주장한 데 대하여 하야는 모음간 또는 두 유성자음간의 자음이 빈
번히 약화 탈락되는 현저한 사실을 지적하여 [s→z→o]의 변천과정을 밝은
것이라 하고 초기문헌의 '▵'은 'ㅅ'의 약화 단계라고 하였다. 또 '△ᅡ[za]>
야'[ja]에서 [-j-]의 출현으로 보아 [z]는 [zu]음이었을 것으로 추단하고 있다.

(3) 어간의 [-g-]의 소실

일부 방언에는 모음간 또는 [l], [m], [n], [ŋ] 등과 모음 사이에 [-g-]음이
개재한다. 그런데 小倉은 고어에서 조사의 두음으로 나타나는 [k]는 본질
적인 것이고, 방언 중에 나타나는 [k], [g]는 두 모음 사이에서 hiatus를 피하
기 위함이라 했다. 그러나 하야는 방언 중 [-g-]유지형이 원형으로서 g>ʋ
>h>o 의 약화 경로를 밝은 것으로 보았다.

[-g-]의 약화
올챙이 : [ogoltʃʼɛŋi]>[oʋoltʃʼɛŋi]>[oholtʃʼɛŋi]>[oltʃʼɛŋi]
　　　　　(대구, 고령, 밀양)　　　　　　　(경북일부지방)

[-lg-]의 약화
오리 : [olgi] > [olri] > [olhi] > [ori]

[-mg-]의 약화

나무 : [naŋ-gu], [naŋ-gɯ], [naŋ-gi], [naŋ], [nɛŋ-gi]

(4) 복모음에 대하여

ㅐ, ㅔ, ㅚ는 이중모음이었다고 주장한다.

ㅐ: 새(鳥)[sɛ]의 방언형-[sai], [sa:i], [sɛŋi](제주)

　개(犬)[kɛ]의 방언형-[kai], [ka:i]

ㅔ: 게(蟹)[ke]의 방언형-[kɔ:i], [ko:i], [ke:i], [kiŋi]

ㅚ: 고양이(猫)[kojaŋi]의 방언형-[koni] > [ko:i] > [kø]

　이런 예들 이외에 다음과 같은 예들도 이들 모음이 이중모음이었던 사실을 방증한다고 보았다.

모리[mo-ri] > [mo:i] > [mø]

나리[na-ri] > [na:i] > [nɛ]

누리[nu-ri] > [nu:i] > [nwi]

가리[ka-ri] > [ka:i] > [kɛ]

　결론적으로 가시개[kʌ-si-gai]의 변천과정은 다음과 같은 발달과정을 거친 것으로 간주한다.

고　　려 : [kʌ-si-gai] > [kʌ-si-ai] > [kʌ-sai]

이조초기 : [kʌ-zai] > [kʌ-ʌi]

이조중기 : [kʌ-ʌi]

이조후기 : [ka-ui]

현　　대 : [ka-wi]

하야의 방언구획

    (1) 중선방언-소창의 경기방언과 대체로 일치한다.
    (2) 서선방언-소창의 평안방언에 상응한다.
    (3) 북서방언-소창의 함경방언과 대체로 일치한다.
    (4) 남선방언-소창의 경상도방언과 전라도방언을 병합한다.
    (5) 제주도방언-소창과 같다.

·一蓑 方鐘鉉의 방언연구

"동서남북과 바람", 조선어문학회 제2호, 1931.

"방언에 나타난 'ㅿ'음의 변천", 신흥 제8호, 1927.

"고어 방언 이어연구의 도정", 조광 제3호, 1937.

"팔방풍과 사방위", 조선일보 1937.2.

"제주도 방언 채집행각 특히 가파도에서", 조선 제3권 제2호, 1937.

"향토문화를 찾아서 제주도 기행", 조선일보 1938.5.

"방위의 이름", 한글 제7권 제2호, 1939.

"고어연구와 방언", 한글 제8권 제5호, 1940.

"ㆍ와 ㅿ에 대하여", 한글 제8권 제6호, 1940.

"제주도의 방언", 조선문화총설, 1948.

·石宙明의 방언연구

"제주도방언집"-서울신문사 출파부, 1947. 7천어에 달하는 제주도 방언을 표준어와 대조하고 있다. 제주도 방언과 타도방언과의 공통어, 제주도 방언에 남아 있는 고어, 그리고 외래어가 제주도 방언에 끼친 영향 등을 고찰하고 있다.

·李崇寧, 全光鏞, 崔鶴根의 방언연구

국립박물관 어학반 특별조사 보고-한국 서해안 도서 학술조사. 덕적도,

원사도, 외연도, 비금도, 흑산도를 대상으로 하였다. 도서생활에서 나온 특수어휘를 조사하였는데 풍방위 명칭, 천후의 특수명칭, 해수간만의 계산법과 명칭, 해도의 명칭, 가족 명칭 등을 다루고 있다. 이외에 천문, 시령, 지리, 인류, 직업, 방위, 신체, 의관, 음식, 농업, 농구, 화과, 채소, 금석, 비금, 주수, 어패, 곤충 등의 어휘도 다루고 있다.

· 李崇寧의 방언연구

<제주도방언의 형태론적 연구>, 동방학지 제3호.

1) 음운론적 개관 2) 조어론적 고찰 3) 명사와 격변화 4) 대명사와 수사 5) 동사 6) 형용사 7) 부사와 감탄사 등으로 구성되어 있다.

· 聲調硏究

천시권, "방언에 있어서의 上聲攷", 경북대 논문집 권2, 1958.

이숭녕, "현대 서울말의 accent의 연구—특히 condition phonetiqué와 accent 관계를 주로 하여", 서울대 논문집 제9, 1959.

문효근, "대구방언의 고저장단", 인문과학 제7, 1962.

정연찬, "경상도방언의 성조에 대한 몇 가지 문제점", 이숭녕 박사 송수 기념논총.

· 方言音韻硏究

강윤호, "국어방언에 있어서의 두음경화 어휘의 분포에 대하여", 한글 제 124, 1959.

김영송, "경남방언의 음운", 국어국문학 제22, 1960.

이병근, "중부방언의 음운연구", 어학연구 Ⅳ.

· 地域方言硏究

　— 경상도방언연구

김창식, "대구방언고", 청구대학 국어국문연구 4, 1960.

서재극, "경북방언연구", 어문학 8, 1962.

김형규, "경상남북도 방언연구", 서울대논문집 10, 1964.

김영송, "경남방언의 음운 재론-김형규 박사의 반론에 답함", 부산대 국
　　　어국문학.

　— 전라도방언연구

최학근, "전라남도방언연구", 한국연구총서 17, 1962.

이돈주, "전남방언에 대한 고찰", 어문학논집 5, 전남대, 1969.

　— 제주도방언

현평호, <제주도방언연구-자료편>, 정연사, 1962.

______, <　　　　〃　　　　-논고편>, 이우출판사, 1985.

4. 방언학의 발전

1. 傳統方言學(traditional dialectorogy)

2. 構造方言學(structural dialectology)

3. 生成方言學(generative dialectology)

4.1. 구조방언학

　구조언어학의 개념이 도입되면서 종래의 방언학이 언어 형식을 어떤 구
조(체계)의 일부분으로 해석하지 않고 동떨어진 개체로 해석한 데 대하여

비판이 가해졌다. 그래서 구조방언학자들은 방언학은 불가능하다는 주장까지 하게 되었던 바, 그 이유는 방언학이라고 하는 학문은 변종들간의 비교를 바탕으로 성립되는 것인데 구조방언학에서는 한 구조 속에서 언어사실을 설명하게 되므로 구조가 서로 다른 두 변종의 방언을 서로 비교한다는 것은 무의미하며 가능하지도 않다고 보기 때문이다.

4.1.1. Uriel Weinreich의 구조방언학[4)]

"Is a structural dialectology possible?"(1954). 여기서 Weinreich는 종래의 방언학자들이 등어선을 그을 때 음성(변이음)의 차이를 가지고 그었는데 구조적인 입장에서 음소의 대립이 더 중요함을 지적하였다. 구조방언학자들은 쌍선 등어선을 그을 것을 주장한다.

또 Weinreich는 diasystem이라는 새로운 개념을 창안해 냈다. 즉, 두 변종은 각각의 체계보다 한 단계 높은, 두 체계를 하나로 포용하는 체계를 설정한다. 가령 '방언1'의 모음체계는 /e/와 /ɛ/가 별개의 모음으로 대립되는 6모음체계이며 '방어2'의 모음체계는 이 두 모음의 대립을 일으키지 않는 5모음체계일 때 종래의 방언학자들은 '방언1'의 /e/를 전체 체계와 관련없이 비교했는데 이와 같은 태도는 무의미하다는 것이다. 그래서 아래와 같은 diasystem 속에서 비교할 때 체계는 체계대로 살리면서 비교하고자 하는 방언학의 본래 임무도 달성할 수 있다고 한다.

$$1/e \sim \varepsilon /$$
$$1.2 \; / \quad i \; \sim \text{———} \sim a \sim o \sim u \; /$$
$$2 \; e$$

이 diasystem은 만일 3방언을 비교하면 3방언의 체계를, 4방언을 비교하

---

4) 이 부분은 이익섭(1986) 방언학에서 인용한 것임.

면 4방언의 체계를 모두 통합하게 된다. 이같은 diasystem은 음운뿐만 아니라 어휘나 문법 항목의 비교에도 적용될 수 있다.

그러나 실제에 있어서 diasystem의 방법은 한계성이 있다. 특히 어휘나 문법 분야에 나타나는 잡다한 방언차를 이 방법으로 모두 기술하기는 난문제다.

4.1.2. 구조방언학의 한계

구조방언학은 어느 한 나라의 전역의 방언을 조사 분석하는 것과 같은 규모 큰 업적을 남기지 못한 채 오늘에 이르고 있다. 구조방언학은 조사방법 등에서 새로운 방법론을 창안해 냈던 것이 아닌 만큼 새로운 이름으로 불릴 만큼 혁신적인 방법론의 방언학이라 할 수 없다.

4.2. 생성방언학

생성문법의 이론을 방언현상의 해석에 적용하려는 노력이 근래 일기 시작하였다. 그 대표적인 것으로 B. Newton의 "The Generative Interpretation of Dialect(1972)"이다. Newton은 생성음운론의 방법론을 도입하여 흔히 基底形(underlying form) 하나에서 交替形을 유도해내듯 방언간의 차이를 동일한 기저형으로부터 이끌어 내되 (a) 적용되는 음운 법칙의 종류, (b) 그 법칙이 적용되는 환경, (c) 그 규칙들이 적용되는 순서 등의 다름에서 각 방언형이 도출되는 것으로 해석하려 했다. Newton이 적용한 현대 희랍어의 북부 방언의 예로, 다음과 같은 것들이 있다.

(1) 고모음 탈락 (high vowel loss) : 무강세의 /i/와 /u/가 탈락함.
(2) 유성음화 (voicing assimilation) : 무성폐쇄음이 유성폐쇄음 앞에서 유

성음으로, 유성폐쇄음은 무성폐쇄음 앞에서 무성음으로 됨.

(3) 모음삽입 (vowel epenthesis) : 어말자음군 마지막 자음이 비음일 때 그 앞에 /i/가 삽입됨.

(4) 원순화 (rounding) : /i/가 그 뒤에 순음(labial consonant)을 만나면 /u/로 바뀜.

Newton은 이들 4규칙으로써 가령 기저형 / ð ik'osmu/(내 자신)로부터 파생되어 나왔을 북부희랍방언의 네 가지 다른 방언형을 다음과 같이 이끌어 낸다.

	Macedonia방언	Thessaly방언	Epirus방언	Euboea방언
기저형 :	/ ð ik'osmu/	/ ð ik'osmu/	/ ð ik'osmu/	/ ð ik'osmu/
규 칙 :	(1) ð kosm	(1) ð kosm	(1) ð kosm	(1) ð kosm
	(2) ɵkozm	(2) ɵkozm	(3) ð kosim	(3) ð kosim
	(3) ɵkozim	(3) ɵkozim	(2) ɵkosim	(2) ɵkosim
		(4) ɵkozum		(4) ɵkosum
표준형 :	ɵkozim	ɵkozum	ɵkosim	ɵkosum

즉, 규칙이 세 가지만 적용되었느냐, 네 가지가 다 적용되었느냐에 따라 다른 방언형이 되기도 하고, 같은 세 가지 규칙이 적용되었더라도 (2)번과 (3)번 규칙 중 어느 것이 먼저 적용되었느냐에 따라 방언형이 달라진다. 그러나 어느 방언에도 존재하지 않는 기저형을 설정하는 것, 규칙적용의 순서를 상정하는 것 자체가 생성이론에서 그 타당성이 논의 단계에 있어 이 방법의 합리성이 의문시되고 있으며 또 이 방법이 잡다한 방언 현상을 얼마만큼이나 포용할 수 있는지 의문시된다. 구조 방언학이 지니는 한계성을 생성 방언학도 그대로 지니고 있어 구조 방언학이나 생성 방언학은 아직 조그만 시험단계라 하지 않을 수 없다.5)

---

5) 제1장 이론 부분은 한국방언학회 편(1985), 국어방언학의 이론을 참조했음.

제II장 하동방언 어휘연구
(소설 『토지』를 중심으로)

I. 서 언

어휘는 기준을 정하기에 따라 여러 가지 방법으로 분류할 수 있다. 현재까지 실시된 어휘 분류 방법은 대략 3대별 할 수 있겠는데, 첫째는 어종에 의한 분류, 둘째는 문법 기능에 의한 분류, 셋째는 단어 의미에 의한 분류가 그것이다. 이 세 가지 분류방법에 대하여 간략히 알아보기로 하겠다.

첫째, 어종에 의한 분류는 한 주어진 언어의 단어체계 전모를 파악하기 위하여 실시될 수도 있고 어떤 어휘 부류를 중심으로 부분적으로 실시될 수도 있다. 어느 경우라도 그 단어의 출신 성분을 파악하는 데 주안점이 있다. 가령 국어의 경우 어떤 단어가 고유어냐 한자어냐 또는 외래어냐 외래어라면 영어, 일본어, 기타 다른 어떤 언어이냐를 밝혀 보려는 것이다. 이런 조사의 목적은 주로 사전에다 그 단어의 어원을 밝히기 위한 필요성에 있다고 본다.

어종별 조사는 영어의 경우에는 비교적 성공적으로 이루어져 있으나[1]

국어의 경우 대규모적으로 믿을 만하고 세밀하게 조사된 예가 드물지만, 1957년 한글학회편『우리말 큰사전』의 수록 단어 164,125어에 대한 어종 통계는 참고할 만하다.[2]

부분적인 어종 조사는 한 작가의 작품을 대상으로 또는 신문, 잡지를 대상으로 실시할 수도 있다.[3]

둘째, 품사에 의한 분류는 문체의 특성을 파악하는 데 기여한다. 예컨대, 현대 어느 한 작가의 특정작품에 대하여 이같은 조사를 실시한다면 그 작품의 문체적 특성을 파악할 수 있다. 또 그 작가의 전체 작품을 대상으로 한다면 그 작가의 전체 작품의 특색을 엿볼 수 있는 것이다.[4]

이같은 방법으로 국어사전을 대상으로 실시한다면 국어 어휘 전반의 품사별 구성 상황을 파악할 수 있고, 또 우리의 일상 담화를 대상으로 한다면 우리말 담화의 특성을 파악할 수도 있겠다.

셋째, 의미기준에 의한 분류는 주어진 언어의 수만 또는 수십만에 달하는 단어를 체계적으로 파악할 수 있다. 이들 수많은 단어들은 표면상 산만하게 이루어져 있는 것 같지만, 어떤 의미기준에 따라 분류될 수 있는 체계로 구성되어 있는 것이다. 이 수많은 단어들을 체계적으로 파악하고자 하려면 의미 기준이 적절하고 합리적이어야 한다.

우리 국어의 경우 전통적 어휘 기준은 주로 이 의미 기준에 의하여 분류하였다. 예를 들면, 조선조 때『훈몽자회』를 위시한 각종 字會類와 譯語類, 物名類에 속한 저서들이 모두 이 의미 기준에 따라 분류되어 있다.

특히 소창진평(1944)이래 이루어진 모든 방언 연구에 있어서 기본어휘 설정도 대부분 의미 기준에 의하여 분류되어 있다.[5]

---

1) 田中章夫(1988) 참조.
2) 한글학회(1957),『우리말 큰사전』 참조.
3) 김광해(1993)는『송강가사』의 5편 작품을 대상으로 어종별 어휘수를 예시하고 있다.
4) 박갑수(1977)는 그 좋은 예가 된다.
5) 이런 부류에 속하는 논저들로 다음과 같은 것들을 더 열거할 수 있다. 梅田

본고는 박경리 대하소설 『토지』를 대상으로 하여 소설 속에 나타나는 하동군 평사리 마을을 중심으로 한 방언 어휘를 조사하여 그 의미를 파악해 보고자 함에 그 목적이 있다. 즉 이 지역 방언 어휘의 의미를 파악하고자 함이 그 목적이다.

각 지역 방언은 음운, 어휘, 억양 면에서 특징을 보여주는데, 이 지역 방언도 그 점 다름이 없다고 본다. 특히 이 지역 방언에서 특이한 의미를 가지고 쓰이는 단어들은 어떤 것들이 있나 하는 점을 중점적으로 살펴보고 아울러 이들 단어들의 유형을 살펴보려 한다.

2. 어휘의미

방언은 그 지역의 자연환경과 밀접한 관련을 가지면서 주민 생활 풍습 속에서 우러나오는 것인 만큼 우선 이 지역의 자연환경에 대하여 알아보기로 하겠다. 먼저 이 지역 약도를 보기로 하자.[6]

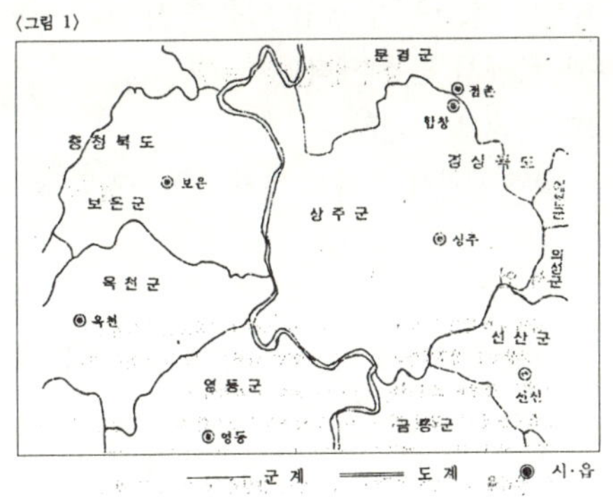

博之(1971), 金亨奎(1974), 최학근(1978), 한국정신문화연구원(1980) 등.
6) 『토지』 권1 P.431에서 인용함.

지도에서 보는 바와 같이 평사리 마을은 섬진강변에 위치한 마을로 강 하류에 경남 하동읍이 위치해 있다. 섬진강은 남해안으로 흘러 들어가며 하동읍은 경남의 서남부로 전남과 근접하여 있으며 다도해를 건너 제주도가 놓여 있다.

근접한 전남 지역은 광양, 순천, 여수 지방이며 하동 동쪽으로 해안을 따라 진주, 창원, 마산, 부산 등지로 이어진다. 이들 근접한 지역들 사이에는 오랜 세월 동안 서로 방언 교류가 있어 왔다는 것을 추측할 수가 있다.

다음은 본 소설 속에 등장하는 주요 방언 화자들에 대하여 간략히 알아보기로 하겠다.

1. 규녀 : 최참판댁 종으로 종의 신분을 초월하고자 하는 욕망이 강하다. 최치수 살해에 가담하여 옥살이를 한다. 옥중에서 강포수의 씨를 잉태한다.
2. 강포수 : 지리산 일대에 이름난 명포수로 최참판댁 식객으로 머무는 동안 규녀를 연모하여 헌신적인 사랑을 바친다.
3. 강봉기 : 농민. 마을 사람들로부터 따돌림을 받는다.
4. 강청댁 : 이용의 본처. 게으르고 질투심이 강하다.
5. 공월선 : 무당 월선의 딸로 평생 동안 이용과 사랑을 나눈다.
6. 김이평 : 최참판댁 종에서 면천한 작인.
7. 두만네 : 김이평의 아내로 후덕하다.
8. 서금돌 : 평사리 농부. 목청이 좋아서 잔치, 상사 때 앞장서 노래를 부르곤 한다.
9. 윤보 : 떠돌이 곰보 목수.
10. 이용 : 평사리에서 제일 인물이 좋던 농민. 성실, 과묵, 내성적인 사람이다.
11. 임이네 : 칠성이의 본처로 소유욕이 강하고 끈질긴 생명력을 가진 여자다.
12. 칠성이 : 임이네의 남편. 외지 바람을 쐬여 견문이 넓다.
13. 김길상 : 최서희의 남편. 고아 출신으로 우관 스님한테 길려지다 최

씨 집안의 심부름꾼이 된다. 몰락한 최씨 집안을 일으켜 세우는 데 주
된 역할을 한다. 독립운동에 가담하여 투옥당하기도 한다.

14. 봉순(기화) : 최참판댁 침모의 딸. 미모의 여인으로 판소리 명창이다.
기생으로 전락하여 아편 중독자로 생을 마감한다.

15. 송광수 : 의병운동에 실패하자 진주로 흘러 들어가 백정의 사위가 된
다. 동학운동의 여세로 민중운동을 벌이다 왜경에 쫓기어 만주지방으
로 피신한다.

16. 공노인 : 공월선의 백부로 만주서 객주집을 열고 거간으로 자리를 잡
는다.

17. 김한복 : 김평산의 둘째 아들로 평사리를 지키며 착실히 사는 농부다.

18. 김강쇠 : 지리산 화전민 출신 숯장사. 김환을 정신적 지주로 삼는다.
의협심이 강하고 힘이 센 장사다.

19. 김두만 : 김이평의 장남으로서 윤보 목수를 따라 서울 가서 목수 일
을 하다가 진주에 정착하는데 나중에 거부가 되지만, 평사리 마을 사
람들을 멀리 한다.

20. 이홍 : 임이네의 아들이지만 생모 임이네를 증오한다. 곧은 심성의
소유자다.

21. 정석 : 진주에서 물지게꾼으로 연명하다가 나중에 학교 교사가 된다.
독립운동 비밀 단체에 가담하다 발각되어 만주로 피신한다.

22. 지삼만 : 김환과 대립한 동학잔당의 일원이다.

23. 김두수 : 김평산의 장남. 본명 거복. 일제의 밀정으로 만주를 주무대
로 활약한다.

24. 강두메 : 귀녀의 소생으로 강포수가 기른다. 군관학교를 나와 독립운
동에 투신한다.

25. 숙이 : 평사리 주막댁 영산댁 양녀로 자란다.

본론으로 돌아가서 이 지역 방언 어휘의 의미를 고찰하기로 하겠다. 아
래에 열거한 어휘들은 필자의 판단에 의한 어휘 선정이므로 이 지역 방언
어휘로서의 합당성 여하가 문제 될 수도 있겠다. 그러나 여기서 고찰하는
어휘들은 표준어에서 사용되는 경우가 거의 없다고 판단되어 일단 이 지

역 방언으로 간주하고자 한다. 조사 범위는 『토지』 1~16권까지 전편을 통하여 조사하였다. 중복 출현하는 경우에는 일일이 다 예시하지 않았다. 각 어휘마다 예문을 본 소설 속에서 찾아 예시했다.

　　방언 어휘 파악에 있어 필자의 능력 밖의 것들은 각 소설 말미의 방언 어휘 뜻풀이를 원용했으며 그렇게 해서도 해결할 수 없는 어휘들은 현지인(경남 마산 · 진주 · 하동)에게 서신 조사를 실시하였다. 본 조사에 협력한 분들을 아래에 열거하여 둔다. 다시 한번 그분들의 호의에 감사 드린다.

김상기(金祥基)(67세) ｜ 경남 창원시 동읍 다호리 205
박영기(朴永玘)(63세) ｜ 위와 같음

1. 소나아―사내.
　　· 소나아로 태이나가지고 남으 제집 한분 모르고 지내는 것도 벵신은 벵신이지? (1-13)
※(　　)속의 숫자는 권수와 페이지를 가리킴.
2. 호작거리다―물가에서 물을 가지고 손장난하다.
　　· 강가 모래밭에서 호작거리는 물소리를 들으며 시작될 것이다. (1-16)
3. 아슴아슴하다―아슴프레하다.
　　· 무 배추를 심은 채마밭이 아슴아슴한 저녁 안개에 싸여 들어가고 있고… (1-16)
4. 애맨―애무한.
　　· 그런 애맨 소리는 안 하는 기이 좋겠구마. (1-17)
5. 양새―양 사이.
　　· 양새 낀 나무맨치로 어디 사람이 할 짓이가. (1-17)
6. 거부지기―검불, 티끌.
　　· 그라믄 우리가 거부지기를 쑤셔넣었겠소? (1-18)
7. 사깜―소꼽장난.
　　· 애기씨, 가서 사깜 사입시다. (1-19)
8. 일질―일하는 길. '길→질'은 구개음화 현상이다.

· 일질에 넘어지십니다. (1-19)
9. 안티-태.
　· 사람으로 났으믄 그래 안티 버린 곳이 있을 거 아니가. (1-29)
10. 깔락깔락한다-?7)
　· 보기는 깔락깔락해서 힘쓸 것 같지 않더니만… (1-33) '깔락깔락
　　하다'의 뜻은 몸이 깡마르다는 뜻일 듯한데 정확한 뜻은 모르겠
　　다.
11. 거로-걸('것을'의 준말)
　· 아마 내 생각이 틀림없을 거로 (1-34)
12. 시부렁거리다-혼자서 중얼거리다.
　· 멋을 혼자서 시부리고 있소? (1-36)
13. 쌍글하다-쌍그렇다.
　· 얼굴이 쌍글하요 (1-36)
14. 오니라-오너라.
　· 너, 봉순아, 이리 오니라. (1-37)
15. 싱둥껑둥-싱둥겅둥, 싱긋빙긋.
　· 싱둥겅둥 그 말투가 멋꼬? (1-41)
16. 씰개-쓸게. 치음하에서 전설모음화 현상이다. "죽일→직일"도
　같은 현상으로 볼 수 있겠다.
　· 우리 옴마한테 일러주믄 직일기다. (1-41)
17. 생이틀-상여틀. 무서움을 나타낸다.
　· 생이틀같은 호랭이가 두 눈에 화덕 같은 눈을 키고 … (1-46)
18. 앵이꼽아서-아니꼬와서.
　· 참말이제 앵이꼽아서 못 보것소. (1-49)
19. 에미-어미.
　· 니는 에미가 있인께 (1-50)
20. 쫀쫀하다-'존존하다'의 센말로 피륙의 발이 고르고 곱다는 뜻인
　데, 여기서의 뜻은 '차근차근히'의 뜻이다.
　· 저년을 그만, 쫀쫀히 따져봐야겠다. (1-50)
21. 카이-'하니'의 뜻. '~ㄱ +하니' 형태에서 유기화와 ㄴ 탈락현상

---

7) 서신조사에서도 모르겠다는 것이어서 차후에 보다 심도있는 조사가 요망된
　다.

이 나타난 결과인데, 이같은 현상은 동남방언 전역에 걸쳐 나타나
는 현상이다.

　　・사람이 인덕이 없일라 카이 앉아도 말이고 서도 말이고 … (1-51)

22. 동티나다—잘못 건드러 재앙이 나다.

23. 기러바서—그리워서.

　　・내가 멋이 답답하고 기러바서 … (1-54)

24. 문디러주까—문질러 줄까.

　　・주둥이를 문디러주까 싶으다마는 … (1-54)

25. 뽀사부리고—부숴버리고.

　　・이눔의 살림살이 탕탕 뽀사부리고 … (1-57)

26. 맹쿠로—같이, 처럼.

　　・흥, 못난 주제에 천하 장안의 호걸맨쿠로 날뛰는 꼬라지 배기싫
　　　어서 … (1-63)

27. 바짓말—바지 말기.

　　・ 거지 바짓말에 이 백이듯이. (1-63)

28. 비렁땅—비탈진 땅.

　　・비렁땅에 뿌린 씨는 비렁땅에서 자라기 매련이지. (1-65)

29. 키레—켤레.

　　・짚세기 몇 키레 (1-65)

30. 비리갱이—비루 먹은 강아지. '비루'는 개나 말, 나귀 등이 피부가
　　헐고 털이 빠지는 병.

　　・이제는 비리갱이 겉은 딸아아 하나니께 절손 아니가 (1-66)

31. 시사니—시산이. 주책바가지.

32. 통지기—서방질 잘하는 계집종.

　　・시사니 나을장 간다 카더마는 파장에 통지기 손목 잡아 볼라꼬
　　　이자사 오나 (1-67)

33. 자석—자식.

　　・아아니 이눔으 자석아. (1-67)

34. 누구름하다—누그럼하다, 누굴누굴하게 묽다.

　　・죽이 누구름하다 (1-67)

35. 그란해도—그렇지 않아도.

　　・그란해도 해가 그렁그렁 넘어갈라 캐서 속이 타 죽겠는 판에 …
(11-69)

36. 떠리미-팔다 마지막 남은 얼마 안 되는 물건 전부 몽땅 다.
  · 떠리미요, 떠리미! 이렇게 싼 물건은 난생 못 봤을기요. (1-70)
37. 소나아-사나이.
  · 소나아들은 망짱 복장이 시꺼멓지. (1-73)
38. 깔진-갖신.
  · 짚세기만 삼아줄까 깔진도 지어주지. (1-73)
39. 새-샘.
  · 내가 새 볼 성싶은가? (11-74)
40. 쇠기, 쐬기-씨아. 경상방언 강원 충북 지역에서도 찾아볼 수 있
  다.
41. 허추해서-허출하다? 출출하다는 뜻이겠다.
  · 그란해도 속이 허추해서 주막에 갈라 캤더마는. (1-83)
42. 낭태질-물건을 못쓰게 만들어 놓는 일.
  · 뒤안에다 감자를 좀 묻어놨더마는 낭태질을 해놨구마 (1-84)
43. 기찹다-가난하다.
  · 기찹은 농사지기들 울타리 있이믄 머하노. (1-85)
44. 시장스럽다-시들하다.
45. 발시-발씨로 발걸음이 익은 정도.
46. 상그럽다-보기에 성깃하다?
  · 발시가 상그러워서 어디 멀리 가보까 싶다마는 … (1-85). 나들이
  를 오랫동안 안 해서 어디론지 가보고 싶다는 말인 듯하다.
47. 개멩-개명(開明).
  · 개멩이라는 기 별것 아니더마. (1-87)
48. 접다-싶다.
  · 좋더고 해서 어디 하고 저븐 대로 하믄서 그렇게 살 수는 없지
  요. (1-88)
49. 나부대다-나댄다.
  · 지 아무리 나부댕다고 농사치기가 자게 전답 자식놈한테 물리것
  나? (1-88)
50. 하모-물론.
  · 하모 편하고 말고. (1-88)
51. 새앙-생강
  · 연이하고 마을의 드난꾼 여치네가 새앙을 다듬고 있었다. (1-96)

52. 번치-태깔, 맵시?

  · 열세 무명 두루마기는 그러나 입은 사람의 풍신이 좋아서 번치
    가 났다. (1-98)

53. 가숙-가속, 처자식.

  · 자나깨나 이녁 가숙, 이녁 자식밖에 모르는 두만 아배. (1-99).
    '이녁'은 '하오'할 상대를 마주 대하고 얘기할 때 쓰인다.

54. 우천자천-우대하다?[8]

  · 그년 어디 볼 것 있다고 최참판네는 우천자천하는고?

55. 가입시다-가십시다.

  · 어서 가입시다. (1-102)

56. 나릿선-나룻선, 나룻배.

  · 아재요, 나릿선 타고 갈 기지요. (1-103)

57. 오복같이 쪼우다-몹시 조르는 모양.

  · 사란을 오복같이 쪼우는 바람에 술 받아 오누마요. (1-104)

58. 머들-죽에 생긴 '멍울'일 듯.

  · 어서 해오니라고 죽에 머들이 생깄심다. (1-118)

59. 칠림대다-'의지하다'의 뜻인 듯하다.

  · 내가 살아서 기아한테 칠림댈라카는 것도 아니고 … (1-123)

60. 감태영감-잠?

  · 감태영감이 내려오누마. 간밤에 잠을 설쳤더니마는 … (1-135)

61. 괴안시리-괜히.

  · 그라믄 괴안시리 술만 마실 거 없이 골방서 한잠 자랑게. (1-135)

62. 꼼지꼼지-꼭꼭.

  · 니 서방이야? 왜 그리 꼼지꼼지 묻어두려고 해. (1-137)

63. 소마-오줌을 점잖게 이르는 말. 소변.

  · 치수는 소마 보러 가는지 일어서서 방을 나갔다. (11-145)

64. 곰뱅이[9]-다리(脚).

  · 곰뱅이 성할 때는 일을 해야 하니라. (1-157)

65. 노-'노상'의 준말.

---

8) 설문조사에도 '우대하다'의 뜻으로 보는 한편, 한자어 '優遷高遷'으로도 해석
   하고 있다.

9) '곰뱅이'는 '잠방이'(강원), '굼베이'(전남)등 방언에 따라 그 의미가 다르게 나
   타난다.

· 내가 아기씨한테 노 붙어 있어야것소. (1-157)

66. 물물이─산물(產物)이 때를 따라 한목한목 모개로 나오는 모양. 여기서는 잊었다가 문득문득 생각이 난다는 뜻이겠다.

· 그래도 물물이 생각이 나는지 징징거리요. (1-158)

67. 너물─나물, 고비 너물.

68. 마목─악독하고 몹쓸 여자.

· 남자가 제집 잘못 만나믄 그것도 마목이지. (1-159)

69. 구링이─구렁이.

· 애기씨 업어라. 구링이 나올라. (1-159)

70. 딸─딸기.

· 딸을 봉순이가 따왔어. (1-160)

71. 어마도지하다─무섭고 놀라워서 정신이 얼떨떨하다. '어마지두에'형태로 흔히 쓰인다.

· 나도 머 어마도지해서 그만, 머가 그리 우습노. (1-161)

72. 거부지기─'검불'의 이 지역 방언. 검부데기(충남), 검부라지(전남), 건부락(경기), 검부자기(강원) 등으로 나타난다.

· 거부지기 겉은 약 몇 첩 지어주고 팔잘 고칠라카이. (1-167)

73. 늘─? '德'의 뜻인 듯한데 앞으로 확인해 볼 과제다.

· 니는 무당질 하지 말고 자식 늘이나 보고 살아라 안 그랬소?
  (1-172)

74. 담부랑─담.

· 이자는 담부랑에 호박까지 따내가니이 … (1-179)

75. 실삼스럽다─겉으로 들어나지 않고 내용이 충실하다.

· 한 분도 아니고 두 분도 아니고 실삼스럽게 이래가지고는 그냥 못 둔다! (1-180)

76. 질엎─앞길.

· 하기사 … 그 머시마 질엎이 그래서 그 성님도 임병 들겄다.
  (1-181)

77. 보시다─부시다.

· 와 아니라, 나도 어매 눈이 보시서 참기도 참았다마는 … (1-181)

78. 도둑앤구─도둑고양이.

· 첫 새복에 도둑앤구맨치루 상구 도망치는 것을 … (1-181)

79. 요사았을꼬?─'요사(妖邪)하다'일 듯. 표준어에는 요사를 떨다, 부

리다, 피우다처럼 쓰인다.

- 잠도 안자고 남으 정분 난 거 무슨 헐 일 없어서 요사왔을꼬?
  (1-182)

80. 통시-변소.

- 새북에 통시에 갔다가 … (1-182)

81. 물이나심-? 말의 진위를 가리기 위하여 남에게 물어보는 일인
듯하다.

- 이자는 제집 쪽에서 물이나심을 하게 됐이니 월선이 그년도 예
  사 계집이 아니라니. (1-183)

82. 바지게-접지 못하게 만든 발채를 얹은 지게.

- 용이는 바지게를 지고 풀을 베러 나섰다. (1-189)

83. 원치-원체.

- 게다가 원치 자손이 귀해서 … (1-203)

84. 따따무리하다-따끈따끈하다.

- 머리만 따따무리해도 집안이 슬렁슬렁했네니라. (1-203)

85. 부텀-부터.

86. 수지야지-? 수선을 떨다의 뜻인 듯.

- 대숲 쪽에서 개들이 수지야지를 떠는 소리에 … (1-203)

87. 허불며떠불며-? 헐레벌떡?

- 다시 허불며떠불며 쌀을 갈아서 미음을 쑤었지. (1-206)

88. 육경신-六卿? 육조판서?

- 참판어른 조모님이 살림 일기를 소원해서 육경신을 하셨더란다.
  (1-207)

89. 짓덕-시집올 때 가져오는 지참 금품.

- 하기사 친정에서 짓덕도 많이 가져오셨지마는 … (1-207)

90. 질이질-길이질.

- 자손이 질이질 못했는갑더라. (1-207)

91. 후리질-후릿그물로 물고기를 잡는 일.

- 오밤중에 노비를 강가로 내몰아서 밤이 새도록 후리질을 시켜
  … (1-208)

92. 대맹이-구렁이?

- 그래 본께 누런 대맹이가 있더란다. (1-209)

93. 솟정-소증(素症). 푸성귀만 먹어서 고기를 먹고 싶은 증세.

· 개 잡았나? 음, 오랫만에 숫정 풀것다. (1-216)

94. 동곳—상투가 풀어지지 않게 꽂은 물건. '동곳을 빼다'의 뜻은 '굴복하다'이다.

· 이년! 이래도 동곳 못 빼겠나? (1-225)

95. 글밭—그루밭. 철 늦게 묵은 밭.

· 오뉴월 글밭 매는 기 젤 싫더마. (1-228)

96. 주랫통—술통.

· 사시 장철 바지말에 손 찌르고 주랫통맨치로 벌건 낯짝 해가지고 … (1-230)

97. 줄지갈지—? 갈팡질팡?

· 손바닥만한 자식들 그 양을 못 채워서 줄지갈지 하는데 사대육신 멀쩡한 인사가 … (1-230)

98. 장석걸음—? 다리가 길어서 보폭을 크게 띄어 놓는 걸음인 듯.

· 장석걸음을 옮겨놓는데 … (1-257)

99. 어귀어귀—?

· 개똥이는 어귀어귀 덤벼든다. (11-260)

100. 매욕—목욕.

· 매욕하로 간다 카든데? (1-261)

101. 그리메—그림자.

· 우찌 그리 그리메도 안 뵈는고. (1-264)

102. 윤구락—숯불.

· 못해묵겄다. 오뉴월에 윤구락을 안고 살라니께. (1-268)

103. 갬히—감히.

104. 치매—치마.

· 치매를 둘러 여인이지 … (1-284)

105. 얼매—얼마.

· 왜놈이라면 설설 기는 판국인디 얼매나 담대하얐이면 … (1-285)

106. 금매—그러매, 글세.

· 금매, 아무리 권세가 좋기로 아 금매 그 개 쌍놈들 등에 업히어 대궐로 들어간디야? (1-285)

107. 매착—두서? 서신조사에는 '매착이 있이야지'를 '두서가 없다'로 해석하였다.

· 서느름에 묵니라고, 아침이 늦으믄 하루 일에 매착이 있이야제.

(1-297)

108. 꼽꼽해서—꼽꼽하다, 조금 축축하다.
· 밥이 꼽꼽해서 묵을 만하다. (1-298)

109. 얼상—일이 마구 어질러진 채 쌓여 있는 모양.
· 들일이랑 집일이랑 얼상겉이 해놓고 내 혼자 줄지갈지 할라니께
  … (1-299)

110. 푸심—말라리아 병.
· 푸심 아니까? (1-299)

111. 실이 노이되도록[10]—실이 한 올 한 올 모여 노끈이 될 만큼 이만
  저만을 되풀이한다는 말.
· 진맥이라도 해보라고 실이 노이 되도록 말했지마는 코대답이나
  해야지요. (1-299)

112. 헤치구덕—똥구덕, 화장실.
· 헤치구덕에 꾸중물 겉은 더러운 년! (1-301)

113. 저저이—這這이, 낱낱이, 모두.
· 소연한 시국에 양반이라고 저저이 가질 수야 없지. (1-328)

114. 허퉁하다—서신조사에 의하면, '비다(쭈), 성기다'이고, 예문으로
  '속이(배가) 허퉁하다'를 들고 있다.
· 가을이 머지 않은 것 같소. 수풀이 허퉁한 것 같지 않소? (1-340)

115. 개벡—개벽.
· 천지 개벡이나 있으믄 모르까. (1-344)

116. 조세질—충고.
· 형님이 한 분 조세질을 해주소. (1-348)

117. 행토—행투.
· 그년 눈웃음에 행토가 있소. (1-355)

118. 길검—콩나물.
· 길검 좀 갈아볼까 싶어서 … (1-354)

119. 언선스럽다—지긋지긋하다.
· 하기사 우리 남정네나 돌아가신 시어무니도 언선스런 성미가 아
  니니께 … (1-371)

---

10) 이 방언에서는 '실이 노이 되도록'이란 말은 흔히 '하시기 부시기'라는 말과
어울려 '하시기 부시기, 실이 노이 되도록'과 같은 형태로 쓰이는 것 같다.

120. 수부덕하다-수더분하다.
  ·두만네도 수부덕하게 보이지마는 실속이야 차리는 사람이 아니
   든가 (1-372)
121. 갓똑똑이-겉똑똑이.
  ·그러믄니께 우리네는 말짱 등신이다. 갓똑똑이 아니가. (1-372)
122. 행-幸?
  ·자식새끼는 늘어나고 언제 행이 풀린난고. (1-372)
123. 소분지애씨-유도 아니다, 비할 바 아니다.
  ·그 말이사 소분지애씨고 더 희한한 소문은 없건대? (1-374)
124. 줌치-주머니.
  ·줌치돈이나 쌈지돈이나 그게 그게 아니가. (377)
125. 쇠된 소리-높은 소리, 高聲.
  ·주모는 쇠된 소리를 지른다. (1-382)
125. 개주무리-감기 몸살.
  ·개주무리인가배. 예사로 여겼더마는 영 갱신을 못하것다. (1-394)
127. 가악중에-갑자기.
  ·가악중에 참견은 무신 참견고! (1-397)
128. 건중건중-간종간종.
  ·뉘 앞에서 건중건중 악다구니고! (1-397)
129. 얄리베락하다-야단베락한다.
  ·또 처자빠져서 저녁 굶긴다고 얄리베락할기믄서. (1-397)
130. 엄치-엄청.
  ·화개장터에서 엄치 벗어난 길목. (2-24)
131. 무서리야, 재웁다-몸써리야, 지겁다.
  ·김서방댁이 아이고 무서리야 재웁지도 않는가배. (2-45)
132. 간풀다-힘들다.
  ·게다가 으찌나 간풀던지 여름이면 또랑에서 미꾸라지 잡노라고
   옷이 흙에 범벅이 되고 … (2-46)
133. 연피연피로-연비연비, 연줄연줄.
  ·집안이 수라장이 되믄서 나는 할 수 없이 연피연피로 망해 주는
   사램이 있어서 … (2-46)
134. 긴피-기색.
  ·그동안 아무 긴피도 없이 말이다. (2-55)

135. 구둥구둥―구두덜구두덜거리다.
  · 멋을 그리 구둥구둥 시부리고 있었노. (2-63)
136. 주개―주걱.
  · 도구가에 보리쌀 멋알 흘렸다고 주개로 때꾹때꾹 때리는 성민데
    … (2-69)
137. 헝경망경―홍뚱항뚱. 어떤 일에 전염하지 않고 마음이 들떠 있
    는 모양.
  · 곧 땅이 얼어붙을 긴데 헝경헝걸허고 있을 기? (2-71)
138. 쭌범―범이 우두커니 앉아 있는 모습.
  · 해가 남았는데, 가봐야 쭌범겉이 앉아서 머하것소. (2-81)
139. 암되다―남자의 성격이 여성적이고 소극적이다.
  · 그 암된 김서방이 학을 뗐겄소. (2-90)
140. 야불다―?
  · 니가 하도 야불아서 안 그랬나. (2-91)
141. 응글응글―응얼응얼? 이것은 동남방언에 나타나는 ㄱ 첨가현상
    인 듯하다.
  · 나만 보믄 못 잡아 묵어서 응긍응글하는 것도 그 때문이지. (2-93)
142. 질기―질깃질깃, 성질이 끈질긴 모양.
  · 니 질기 이럴 것가! (2-93)
143. 윤디―인두.
144. 해우차―花代.
145. 비가비―광대.
  · 그러니께 비가비구머잉. (2-96)
146. 앵이―윤기, 윤택.
  · 집에 앵이가 돌믄 머하것소. (2-102)
147. 상그럽다―시절이 심상치 않다.
  · 이리 시수가 상그러븐데 전죄가 있는 윤보 형님이 성하것소.
    (2-104)
148. 색히―속히.
149. 논이 나서―서러워서.
  · 논이 나서 좀 울었소. (2-110)
150. 정문―인색하고 사람을 심하게 부림.
  · 소문 들은께 그 집정문이 된 거는 내림이라카든데 … (2-128)

151. 뇌짐-폐병.
　・얘기를 듣고 보니 병은 뇌짐이 아니겠소. (2-120)
152. 기들다-? 기본형이 '기드다'인지, '기들다'인지 확정할 수가 없
　　다. 의미 확인도 앞으로 밝혀야겠다.
　・미친년아, 기든년아, 죽은 자식 다시 오나! (2-133)
153. 생기다-섬기다.
　・니를 생기서 그러는데 … (2-133)
154. 냠냠하더-입이 궁금하다. 음식을 먹고 나서 입맛을 다시며 더
　　먹고 싶어하다.
　・냠냠해서 호박 풀떼기를 좀 쑤었다. (2-134)
155. 찜쪄묵다[11]-수단이나 성질 용모 따위가 훨씬 더하고도 남다.
　・고놈으 새끼들 어른들 찜쪄묵을라칸다. (2-164)
156. 하매-하며.
　・보따리하매 총이랑 갖고 어디 간다요? (2-164)
157. 축구-바보, 천치.
　・이 축구 봤나. 삼거리에 앉아 술장사를 하믄서 그것도 모르나.
　　(2-167)
158. 지에밥-찹쌀, 멥쌀을 시루에 쪄서 만든 밥, 고두밥.
　・약과랑 강정이 될 지에밥은 잘 말려 졌고 … (2-170)
159. 말소두래기-구설(口舌).
　・내사 오늘 입때까지 말소드래기 일으킨 일은 없구마. (2-191)
160. 무안쑤시-무안수세. 면목없음을 감추려고 하는 행위.
　・무안쑤시하는 것도 유분수지. 응. (2-192)
161. 기덜이-구더기.
　・기덜이 무서바서 장 못 담근다는 소리도 아직 들어보지 못했고
　　… (2-197)
162. 벅수-바보, 허수아비.
　・거기 벅수겉이 서 있지 말고 … (2-222)
163. 하늘병-지랄, 간질.
　・이기이 만병에 좋다 카지마는 그 주에도 하늘병에는 떨어지게

---

11) 선우일, <두견성>. 작품 속에 '그 기생 찜쪄묵을 계모라는 것이 …'라는 표
　현이 나온다.

듣는다 카더마. (2-223)

164. 양밥-민간에서 하는 주술적 행위.
 · 이눔으 초가 죽을라 캐서 좀 양밥하누마. (2-288)

165. 불각처-갑자기.
 · 아니 이눔으 자식이 불각처 버부리가 됐나? (2-250)

166. 성시-형편, 재산 정도.
 · 그래도 성시 알아서 할 일인데 … (2-268)

167. 노리-노경(老境).
 · 자식도 볼겸 노리의 몸도 의탁하고 … (2-268)

168. 장노-장래.
 · 거 장노가 있겠더마요. (2-271)

169. 매분구-? 기생?
 · 광대가 되든지 매분구가 되든지 이 무써리나는 일 좀 면하고 살
   았으믄 얼매나 좋겠노. (2-282)

170. 기영하다-경영하다?
 · 되는 집은 기영하는 일마다 뜻대로 되고. (2-283)

171. 오지기-심히, 되게.
 · 참내, 잠 좀 잘라 캤더이 오지기 씨부려쌌는다. (2-283)

172. 주하고 사하고-토하고 설사하고.
 · 토사광란을 만내서 주하고 사하고, (2-283)

173. 매욕하다-목욕하다.
 · 매욕하고 머리감고, (2-292)

174. 소구부리-?
 · 청백리 x구멍은 소구부리 같다는 말처럼 가난하여 그랬었던지,
   (2-293)

175. 이세-혼전에 배워야할 일. 특히 바느질.
 · 그런 이세는 배울 생각 안하고 밤낮 한다는 기이 이런 지랄 겉은
   짓이니, (2-295)

176. 다새기-상자.
 · 이기이 머꼬? 구신 떡 당새기가? (2-295)

177. 호시-기분이 좋음.
 · 니는 타고 가니까 호시제? (2-301)

178. 우두다-떠받들다.

・얼마나 영팔이 아제가 우두고 길렀다고, (2-303)

179. 감풀다―난폭하다.

・한창 감풀 나이니께 마음에 끼지 마라. (2-306)

180. 땅알스럽다―? 성질이 까다롭다?

・제집이 땅알스러바서 안 그렇나. (2-219)

181. 잇석―이빨.

・허연 잇석을 드러내고, (2-319)

182. 영낭―역성.

・오냐! 제집 영낭 들로 왔고나! 이 팔난봉아! (2-323)

183. 강세―질투.

・그 둘째는 강세 보는 일이다. (2-324)

184. 놀랑패―? 노리패?

・아편쟁이처럼 육체에 탐닉하는 용이는 아무 쓸모없는 놀랄패가 되어갔다. (2-326)

185. 애탕끌탕하다12)―? 애써 수고하다는 뜻인 듯.

・애탕끌탕하믄시로 살아있는 동안에는 면할 도리가 없는 기니께 이서방도 맘 고치묵으시오. (2-327)

186. 북상곁은 배―북쪽 산 같은 배, 즉 부른 배를 뜻한다.

187. 외고펴고―공개적으로, 떳떳하게.

・이자는 외고펴고 멋이 두러바서 새끼 뽑아 날 주고 니가 나앉을 것꼬. (2-333)

188. 임석―음식.

189. 식범―췸범.

・식범겉은 얼굴 하지 마라. (2-341)

190. 엉그리다―? 단속하다?

・니 살림도 아닌데 와 그리 엉그리노? (2-341)

191. 챗국―고약한 냄새?

・고약한 노내기 냄새나는 챗국처럼, (2-341)

192. 무써리야―몸서리야?

・내가 남자라믄 일시도 못 볼 긴데, 어이구 무써리야. (2-343)

193. 이정―이질.

---

12) 서면조사에는 '애탕게탕하다'로 보고 뜻은 '애써수고하다'로 풀이하였다.

· 이정으로 돌리믄 안 될 긴데, (2-377)

194. 섬피-거적.

· 밭이나 뒤꼍에 외빈(外殯)을 차려 겨우 섬피를 덮어두는 지경에
  이르렀으며, (2-413)

195. 요절로 빼썼다-용케도 빼닮았다.

· 계집, 사나이 요절로 빼썼다. (2-419)

196. 몽창시리-무척.

· 오빼미겉이 그눔으 눈 몽창시리 크다. (2-421)

197. 야장스리-야단스리.

· 혈혈단신, 솥단지 걸어놓고 야장스리 살림할 것도 없고, (2-421)

198. 금탕값-값이 몹시 비쌈.

· 대목장인데 와 없일라고, 금탕값이겠지마는, (2-421)

199. 벌이줄-닻줄.

· 사공은 방천에 박혀있는 말뚝에 벌이줄을 묶어 놓고 뭍에 산판
  을 걸친다. (2-422)

200. 단-斷? '용단'이 아닌 듯.

· 이놈아, 우찌 그리 사나자식이 단이 없노. (2-423)

201. 용심-남을 시기하는 심술.

· 또 용심날 일이 생깄는갑다. (3-37)

202. 기엉머리-귀밑머리, 처녀머리.

· 기엉머리 마주 풀고 만낸 사램이 아니라서 그럴 기다. (3-44)

203. 골리-권리.

· 이자는 그 양반이 골리를 가졌이니깨, (3-44)

204. 손소증-조바심.

· 삼수가와서 긁적긁적 긁어대니께 손소증이 나서 어디 그냥 있을
  수가 있이야지요. (3-63)

205. 대금산-비하여 훨씬 났다.

· 메뚜기 누워서 따묵을 처지라믄 오히려 대금산 아니겠십니까.
  (3-64)

206. 근가죽-근처.

· 근가죽에 계셨더라면 돌아가신 부친 대하듯이 했을 것을, (3-68)

207. 헤미-할머니.

· 내 헬아비, 애비가 니 헤미를 붙어묵었나! (3-73)

208. 얼런도 없지-어림도 없지.

209. 괴정-괴질. 콜레라를 통속적으로 이르는 말.

210. 가리단죽-중간에서 돈이나 물건을 집어 먹음.
  · 삼수놈이 중도에서 곡식을 가리단죽했는지, … (3-95)

211. 지천-지청구. 까닭없이 남을 탓하고 원망하는 것.
  · 안산댁은 오라버님댁 지천을 피해서 솥뚜껑을 들고 삽짝 밖으로
    나갔다. (3-99)

212. 애참하다-애처롭고 참혹하다?
  · 세상에 별놈의 죽음이 다 있지마는 굶어 죽는 것 같이 애참하까.
    (3-101)

213. 시적-이제, 지금.
  · 배가 고파서 시적 숨이 넘어가는 집은 와 따돌리노 그말 아니가.
    (3-108)

214. 금새-값.
  · 봉기는 아직 얼마냐고 금새조차 물어보지 않았다. (3-109)

215. 삐가리-병아리.
  · 이 장바닥에 삐가리 한 마리 얼씬거리것소! (3-111)

216. 밥산노릇-밥벌이.
  · 나이로 봐서는 이자는 머지 않아 밥산노릇은 할 기고 (3-122)

217. 실삼스럽게-새삼스럽게.
  · 그 말은 알것는데 실삼스럽게 와 말하노. (3-135)

218. 곱따시-곱다시. 축나거나 변함이 없이.
  · 곱따시 앉아 죽을 수밖에 없지. (3-151)

219. 삐죽을긴데-덜 영글다.
  · 콩을 벌써, 아즉 삐죽을긴데. (3-177)

220. 자발-행동이 가볍고 참을성이 없다. 자방없다, 자발머리 없다.
  · 서방이 나를 오금덩이겉이 섬긴다고 자발을 떨고 저버 그랬겠
    지. (3-201)

221. 아금받다-다부지다.
  · 제집이 아금발라서 살림이사 피가나게 살지. (3-202)

222. 장무새-간장 된장 따위.
  · 장무새 임석 솜씨도 좋고 … (3-202)

223. 거물장-거멀장? 가구나 나무 그릇의 사개를 맞춘 모서리에 걸

쳐대는 쇠조각. 거멀못.
  · 자식이 있어서 거물장을 쳐놨단 만가. (3-203)
224. 아장부피장부—我丈夫彼丈夫. 엇비슷하다.
  · 봉기나 삼수나 다 아장부피장부 아니더라고?
225. 푸새—옷에 풀 먹이는 것.
  · 밤을 지새가면서 푸새를 하고 바느질을 하여, (3-212)
226. 석가살이—남의 집 서포살이?
  · 천석아비는 꽁하는 성미여서 방세 없는 석가살이가 미안하여 그
    랬던지 … (3-216)
227. 소분지애씨요—유도 아니다, 비할 바가 아니다.
  · 애기씨 수모당하는 거 생각하믄 김서방댁 억울한 거사 소분지애
    씨요. (3-217)
228. 양칠봉칠—? 혼전만전?
  · 남의 살림 가지고 양칠봉칠 쓰므서, (3-229)
229. 쫑당거리다—(긴 것을/넉넉한 것을) 줄이다.
  · 그 목을 쳐 죽일 놈이 내 자식 신셀 쫑당거렸네! (3-242)
300. 세련을 부리쌌노—몸을 사리다.
  · 장시 뒷산에 톱만 들고 가믄 될 긴데 머를 그리 세련을 부리쌌
    노. (3-291)
301. 빈치하다—내보이며 자랑하다.
  · 아무리 봉기가 제 딸을 빈치함시로 그 놈을 꼬았다 하더라 캐도
    지 처지를 생각하믄 나도 같은 처지, 종놈이라서 하는 애기가 아
    니라 제집 자식 있는 놈이 그라믄 두리가 첩 될긴가? (3-295)
302. 애살스럽다—군색하고 애바른 데가 있다. 애바르다—재물과 이
    익을 쫓아 덤비는 데 발밭다.
  · 사램이 경우 없이 욕심많기로는 호가 나 잇지마는 자식한테사
    여간 애살스러바야제. (3-295)
303. 고만—교만.
  · 흥, 양반 양반 함시로 오지기도 고만을 떨어쌌더마는, (3-335)
304. 찌꺼미—지킴, 터줏대감.
  · 김서방으로 말할 것같으믄 최참판댁에 찌꺼미 아니가. (3-336)
305. 숫되배기—순진하여 어리숙한 사람.
  · 그 비러먹을 할망구 입만 살었지 숫되배기라 카이. (3-337)

306. 매룩궂다-차갑고 모질다.
　・우찌 그리 매룩궂일꼬. (3-338)
307. 억장거리-네 활개를 벌리고 뒤로 벌렁 나자빠지는 일.
　・그 발모가지를 한분 보믄 넉장거릴 할 기구마, 넉장거릴 해.
　　(3-344)
308. 어기야 버기야-? 야단스럽다?
　・그거를 생각하믄 어기야버기야 할것도 없일긴데, (3-357)
309. 수덕만덕-많은 덕. 數萬德.13)
　・애미 애비가 샐인 죄인인데 그거를 키워서 무신 수덕만덕 볼기
　　라꼬. (3-359)
400. 안티자리-안티봉. 출생지.
　・흠, 천지개벽도 안하고 내 안티자리가 고스란히 남아 있는 거를
　　본께 반갑구마. (3-362)
401. 아망스럽다-아망 : 어린아이들이 부리는 오기.
　・남편은 두려우나 윤보는 길가 개똥만큼도 안 여기는 아망스러
　　움, (3-367)
402. 정계-오금.
　・그래 내 지난 날을 거기서도 경계를 거는 경요? (3-367)
403. 뽀닷이-간신히.
　・새가 빠지게 농살 지어봐야 뽀닷이 입치레, (3-376)
404. 칠림-신세.
　・방이라도 하나 비우주믄 추수한 곡식이 있인께 칠림은 안 될 성
　　싶고, (3-418)
405. 어그렁치그렁-? 울근불근?
　・본시부터 어그렁치그렁 새가 안 좋았이니께, (3-419)
406. 둥개둥이-마음대로 굴리다.
　・심심하믄 죄없는 사람 불러다 놓고 둥개둥이를 치니 정말 이자
　　는 나도 못 살겠소. (4-20)
407. 가스집-과숫댁.
408. 곤장하다-국량이 좁고 꾀죄죄하다.
　・곤장한 소리를 하는군, (4-114)

---

13) 설문조사의 뜻풀이다.

409. 먹우다-뻗대다.
  · 왜놈이고 되놈이고 간에 먹우고 있는 판국인데, (4-219)
410. 거천-봉양.
  · 지 에미 거천 못하것나. (4-243)
411. 목파-? 산판일을 소개해 주는 사람? '산판'은 산의 나무를 벌목
  하는 일을 말함.
  · 청인 목파를 따라 산에 들어갈 심산이었다. (4-243)
412. 마우제놈-아라사인.
  · 마우제놈 땅에서 살믐서 무슨, (4-271)
413. 몰작하다-물렁물렁하다.
  · 몰작하게 볼 사람이 따로 있지. (4-288)
414. 철랑개비-잠자리.
  · 철랑개비 재주를 가졌다고 분풀이를 해? (5-76)
415. 국으로 있다-자기 생긴 그대로, 자기 주제에 맞게.
  · 이제까지 윤보가 살아 있다믄 국으로 있지야 않겠지. (5-77)
416. 설피-雪皮. 눈에 빠지지 않도록 신바닥에 대는 칡, 노, 새끼 따
  위로 얽어서 만든 넓은 장화 모양의 물건.
  · 혜관은 바랑을 끌러서 설피를 꺼내서 신발을 갈아 신는다. (5-83)
417. 번시-? 바보?
  · 아이구, 저 번시가 아직도 안 일어났는가배? (5-123)
418. 애인한-애처로운.
  · 남으 자식이지마는 애인한 생각이 들어서, (5-133)
419. 실겁다-슬기롭다.
  · 우찌 아아가 그리 실겁겄노. (5-133)
420. 소매통-오줌통.
421. 헛수바다-배가 금방 꺼져버린다는 뜻.
  · 장골든 배는 헛수바다라 카는데, (5-149)
422. 헤미-기생 논개를 가리킴.
  · 이 헤미가 왜장 끼고 물에 빠져죽은 곳이 아니가. (5-173)
423. 매구-꽹과리.
  · 매구치기 좋겄네. (5-176)
424. 귀주기-기저귀.
425. 아금바리-알뜰하게.

· 우짜든지 아금바리 해가지고 엣말하고 살아라. (5-193)

426. 졸갑스럽다 — 마음이 초조하여 떠는 수다.

· 졸갑스런 귀신은 무밥 천신도 못 받는다더군요. (5-210)

427. 어정개비 — 일에 정성을 들이지 않고 대강대강 하는 사람.14)

· 그댁 자부는 아금발라서 어정개비 서방 데리고 이럭저럭 사는구
면. (5-226)

428. 씨압씨 — 시아버지.

· 너 씨압씨맨쿠로 또 한 사람 미친 모앵이다. (5-226)

429. 돔바가다 — 훔쳐가다.

· 그러니 머슴놈 구천이는 남으 제집을 돔바갔이니 엣법에는 장살
감이라! (5-243)

430. 토깐이 — 토끼.

· 강쇠 보고 토깐이 개기라도 좀 주라 하는 기이 좋겠구마. (5-259)

431. 홍낭자 — 베짱이.

· 찬서리에 홍낭자 신세. (5-269)

432. 동곳 빼다 — 항복하다.

433. 몰독다 — ? 옹골찌다?

· 게걸든 거맨치로 뒤져서 그걸 다 처묵었이니 소배지가 아닌 다
음에야, 몰독다, 몰독해! (5-404)

434. 파철 — 破鐵, 파쇠. 깨져서 못쓰게 된 쇠붙이. 또는 그릇.

· 그건 그렇다. 칠칠치 않고 눈치코치 없고 제집치고는 파철이지
마는 에미보다는 악기가 적은 편이지. (5-406)

435. 인야 — 인재.

· 그런 인야나 되겠십니까? (4-410)

436. 쨌기다 — 쫓기다.

· 나라도 없어서 쨌기와 가지고, (6-12)

437. 엄치 — 엄청.

· 아니지요 엄치 커서, (6-36)

438. 달비 — 다리.

· 발끝에 치렁치렁 닿는 달비가 있고요 … (6-115)

---

14) 설문 조사에는 '어중개비'로, 뜻은 '이것도 못하고 저것도 못하고 어중간한
사람'이라 했다.

439. 깝치다-?

  ·윤도집께서 자꾸 깝치는 바람에 생각이 무산하였소.

440. 피섯-?

  ·그래도 두메 피섯이 있더마. (6-180)

441. 굴리다-놀리다?

  ·누굴 굴리는 게야? (6-203)

442. 조심부리-주점부리.

  ·참판네댁에서 조심부리 임석을 내리보내는데 속에서 받아야제,
  (6-264)

443. 안존하다-安存. 성품이 얌전하고 조용하다.

  ·뵈기는 안존한데 정이 헤퍼서 중심을 못 잡는 모양입니다.
  (6-265)

444. 매-뫼? 자리, 흔적, 그림자.

  ·그만 소리도 매도 없이 간부리라. (6-273)

445. 둥때나다-퉁때 : 매혹. 눈이 어두운, 매혹되다.15)

  ·이 좋은 세상에 돈에 둥때난 계집은 거 누구 딸맨치로 하냥질을
  하는 기다. (6-274)

446. 가이방하다-비슷하다.

  ·보자보자하니, 해도 가이방해야지 그래, 가라오라 대관절 판술
  아배가 먼데 그려요? (6-299)

447. 비단가리-하찮은 살림살이.

  ·비단가리 하나라도 챙기야제. (6-299)

448. 식지(食指)-구미(口味).

  ·식지가 움직이는 상태의 조준구한테 가서는 그 광산을 사면 크
  게 손해를 볼 터이니 사서느 안 된다. (6-349)

449. 배리데기-배리배리, 비리비리. 목이 배틀어지게 여윈모양. ~
  데기 : 접미사.

  ·옛말에 배리데기 소자 노릇한다 안 했소? (6-415)

450. 오양-외양, 체면.

  ·머리털이 허어여가지고 자식들 오양 깎이겠소. (7-43)

451. 부지-부조.

---

15) 서면조사 해석에 의거함.

• 머, 제술이 장갯날이 내일이라 부지 갖고 간다. (7-46)

452. 넘찌다－넘치다, 분수에 넘치다.
• 넘찐 소리 해봐도 별수 있나, 대가리 쇠똥을 벗긴 다음에 할 소리제. '대가리 쇠똥 벗기다'는 말은 '장가 들다'란 뜻이다.

453. 추달－매로 때림.
• 추달하는 기이 도모지 구신한테 홀린 것맨치로 모르겠더란 말이다. (7-67)

454. 그러씨－글쎄.
• 그러씨 … 그 새끼들 머가 터졌다 카믄 … (7-74)

455. 해나절－한나절.
• 해나절이 지나서 임이네가 돌아왔다. (7-78)

456. 동가자 서가자－東西로 이리저리 날뛰다. 줄지갈지는 허둥지둥 어찌할 바를 모른다는 뜻인 듯.
• 나는 살아보겠다고 동가자 서가자 줄지달지 하는데 송장겉은 소나이는 죽을 묵으니 아나, 밥을 묵으니 아나. (7-79)

457. 용낫이－꼼짝할 여유. 옴나위. '옴나위 못하다'
• 이자는 호적에 씨뻘건 줄이 그어져서 용낫이도 못할 기구마. (7-90)

458. 어마도지하다－당황하다.
• 어마도지해서 정신이 다 나가버렸당게로, (7-97)

459. 관대로－마음대로, 함부로.
• 목심이라는 것은 관대로 그렇기는 못 끊는 법인디 … (7-97)

460. 고리짝부터－고릿적부터, 옛적부터.
• 나는 벌써 고릿작부터 눈물 같은 것하고는 이별했다. (7-120)

461. 세상충이－세상물정을 모르는 멍충이?
• 아버지는 어찌 그리 세상충이 겉은 말만하요. (7-121)

462. 인두겁－행실이나 바탕은 사람답지 못하고 겉으로만 갖춘 사람의 형상.

463. 저녁답－저녁때쯤. '답'은 시간을 나타낸다.
• 저녁답에 필구 동생이 왔더라. (7-173)

464. 나사다－나서다. 제주도에서 주로 쓰는 방언임.
• 얼굴도 남에 빠지지 않고 성질은 좀 나사건데? (7-175)

465. 질수－방법.

· 사람이 질수따라 살아야제. (7-198)

466. 신양(身恙)—신병.

· 소싯적부터 야무아배 신양 때문에 빚이 좀 있일 기다. (7-199)

467. 솔엎—지리.

· 내가 진주 솔엎을 몰라서 앞장 세우고 나왔다. (7-204)

468. 운냐—오냐.

· 운냐, 운냐. (7-206)

469. 새양내—향내.

· 내사 싫고 새양내가 나서 못 바리겄지마는, (7-208)

470. 처네—처녀.

· 호사스런 처네는 아이를 돋보이게 했다. (7-209)

471. 이고 패고—공개적으로, 떳떳하게.

· 샛서방 찾아가자는 것도 아니것고 외고패고 지 가장 만내로 못
갈 기이 머 있노. (7-212)

472. 기화요치하다—奇花異草에서 나온 말로 '기이한, 희한한'의 뜻
이다.

· 세상에 별 기화요치한 일을 다 보겄다. (7-213)

473. 우녘 계집—서울 여자.

474. 찌무리기—칭얼거림.

· 아아가 오줌을 싸서 찌무리기를 해쌌는데 … (7-219)

제Ⅲ장 상주방언의 연구

1. 서 언

1.1. 지금까지 방언조사 지역은 주로 시·군 단위를 1지점으로 정하여 실시하였다.[1] 본고는 경상북도 상주방언의 한 하위 방언인 외서면 관동리 방언을 조사하여 그 음운의 현상을 표준어와 비교하여 봄에 그 목적이 있다.

방언조사는 군단위보다 작은 단위로 세분하여 조사할 때 적지 않은 차이를 보여 주기도 한다. 본고는 한국정신문화연구원(1980)이 실시한 설문지에 의거하여 이 지역 방언을 조사하여 표준어와 음운변이 양상을 비교하여 본 것이다.

1.2. 우선 이 지역의 지리적 인적 환경을 조사하여 보기로 하겠다.

<그림 1>에서 보는 바와 같이 상주군은 상주시와 함창읍 그리고 18개

---

1) 1980년 한국정신문화원이 실시한 조사가 그 대표적이다.

면으로 구성되어 경북의 서북쪽에 위치하고 있다. 서북쪽은 충북의 보은군, 괴산군, 옥천군, 영동군과 인접해 있으며 북쪽에는 경북의 문경군에, 남쪽에는 금릉군, 선산군에, 그리고 동북쪽에는 예천군, 의성군에 인접하여 모두 9개 군과 접하고 있다. 특히 충북의 보은군과 인접하고 있는 상주군 화북, 모서면의 방언은 충북방언의 영향을 입은 전이지역으로서 연구자들의 관심을 불러일으켰다.[2]

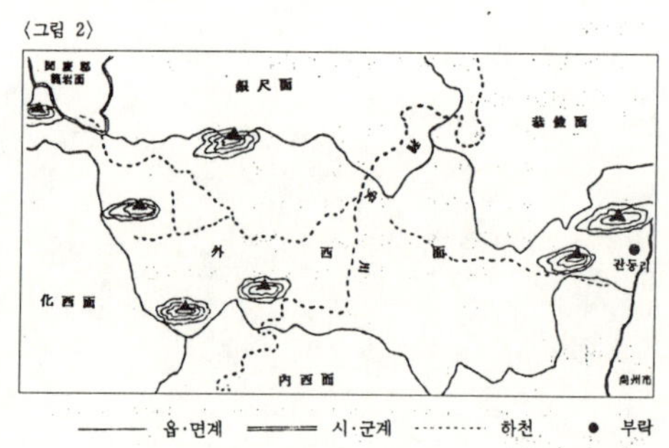

<그림 2>에서 보는 바와 같이 외서면은 상주군의 중심부에 위치하고 있는데, 북서쪽에서 남동쪽으로 길게 뻗쳐 있다.

서쪽은 화서면과 인접하며 산악지대로 교통이 불편한 오지다. 북쪽은 은척면과 경계를 이루고 있는데, 이 지역도 작은 산맥으로 둘러싸여 있다. 동북쪽은 공검면과 인접하는데, 이 지역은 다른 지역보다 비교적 들이 많다. 동남쪽은 상주시와 경계를 이룬다. 이곳에는 넓은 평야가 놓여 있다.

외서면은 행정구역이 18개 리로 나누어지는데, 북서쪽 대전리 산악지대로부터 흘러 내려오는 우산천 시냇물이 면 중심을 통과하여 이안쪽으로 흘러 내려 낙동강의 한 지류를 형성한다. 관동리 마을 앞에는 가곡리에서

---

2) 김덕호(1985), 경북·충북 접경지역어의 음운연구, 경북대 대학원 석사논문.
　백두현(1985), 상주 화북지역어의 음운론적 특징, 소당 천시권 박사 회갑기념
　논총.

발원하는 작은 시냇물이 흐르고 있다. 이들 하천은 수량은 그리 많지 않으나 장마철에는 큰 홍수를 일으키기도 한다. 외서면은 주로 이 시냇물을 이용하여 농업에 종사하는 농촌의 산촌 마을을 이루고 있다. 이 지역은 예로부터 반상 적서의 차별을 많이 따지는 지역으로 군데군데 반촌을 형성하기도 하지만 대부분 지역은 농업을 주업으로 하는 평범한 마을들이라 할 수 있다.

관동리 마을은 외서면의 동남단에 위치하여 상주시와 경계를 이루는 지역으로 옛부터 반촌으로 80호 가량의 전형적인 농촌 마을이다. 이 마을 앞에는 김천-영주를 잇는 경북선 철도와 국도가 연결되어 있어 비교적 교통이 편리한 지역이다. 이 지역 주민들은 자기들이 사용하는 말이 표준이 될 만하다는 자긍심을 가지고 있지만, 필자가 조사한 바에 의하면 표준어와는 현격한 차이를 보이고 있음을 실감하였다.[3]

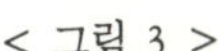

< 그림 3 >

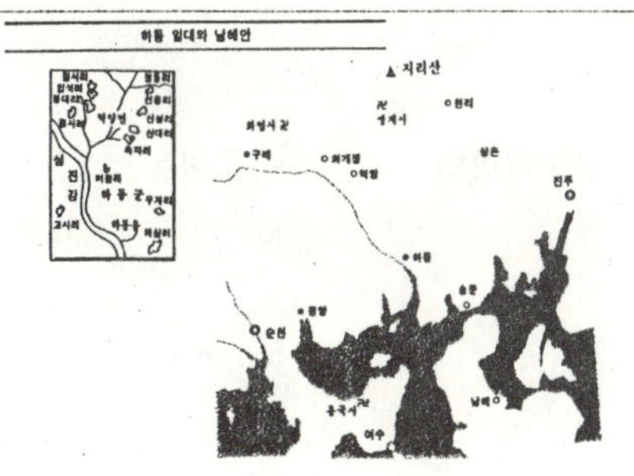

그러면 정문연 설문지에 따라서 이 지역 방언을 조사해 보겠다. 본 조사에 관계된 사항은 다음과 같다.

---

3). 이조말기 정조조 이덕무의 「한죽당섭필」(청장관전서)에는 신라방언이라 하여 오늘날 상주방언에 해당하는 약간의 어휘를 기록하고 있다. 居穡(섬), 羅洛(벼), 請以(키), 沙暢歸(새끼줄), 丁支間(창고, 부엌) 등이 그 일례다.

조사일 : 1994. 1. 1~1. 4 (5일간)
피조사자 : 김기칠(남, 79세)
보조피조사자 : 김대식(남, 77세)
보조피조사자 : 김용해(남, 50세)
조사지 : 경북 상주군 외서면 관동리(귓골)

2. 어 휘

표준어와 같은 형태는 생략하고 미조사 항목은 공백으로, 피조사자가 모르는 항목은 ?로 표시한다.

2.1. 농 사

2.1.1. 경 작

표준어	관동리방언	음운변동
벼	베	$j\partial \rightarrow e$
벼(열매)	나락	
뉘	뉘, 미[4]	$nwi \rightarrow mi$
볍씨	씨나락	
김매다	논매다	
애벌(매다)	아시논매다	
두벌(매다)	두블매다	$\partial \rightarrow \dot{i}$
일꾼	일꾼, 놉, 품사기	
곁두리	새참	

---

4) 이상규(1982)조사에는 mi만 조사되어 있다. 이하 주는 이상규(1982) 조사에 의거한 것이다.

꽹과리	깽가리	we→E
보습	끝날	
쇠	무시, 시웃	ø→i
	(철공 소뎃방)5)	
볏	빗날	jə→i
극젱이	흑쟁이	kh, e→i
써레	쓰리	ə→ɨ, e→i
호미	호맹이	ɛŋi첨가
괭이	깽이	k→k', wɛ→E
쇠스랑	소스랑6)	ø→o

2.1.2. 타 작

볏단	나락단	
볏가리	나락비까리	jə→i
버훑이	찌깨	
그네	( )	
회전기	채질기계	
개상	챗독	
짚	집	ph→p
새쩨기	집모래키	
노끈	노	
도리깨	도루깨	i→u
(짚)방석	맷방석	
광주리	강지리	wa→a, u→i
바구니	대리끼	
먹둥구미	봉새기	
삼태기	삼태미	k→m

---

5) syí

6) sosyráŋ

씨둥구미(끈이 있을 때)

2.1.3. 도 정

절구공이	절굿대	
확	호박	p첨가, 고어
겨	( )	
왕겨	왕지	
암쇠	중씨	
쒜기	보족	
숫쇠		
겨	( )	
왕겨	왕지	k→č, jə→i
등겨	당가루	
키	칭이	kh→ch, -ɛŋi첨가
어레미	얼기미	k첨가, e→i

2.1.4. 곡 물

보리	버리	o→ɛ
밭두둑	밧말랭이	
밭이랑	( )	
조	스숙	
조이삭	스슥이삭	
참깨	창깨	m→ŋ
참기름	찬지름	m→n, k→č
들기름	들지름	k→č
(곡식)사다	팔다(바친다)	
(곡식)팔다	사다	
강냉이튀김	옥수수티밥	

2.1.5. 소 채

무	무수(무꾸)	
무말랭이	골곰무수	
호박고지	호박우거지	
시래기	쓰레기	S→S', i→ᵻ
고갱이	꼬갱이	K→K'

2.2. 음 식

2.2.1. 부 식

김치	짠지
간장	장물
간장종지	장물종고리
오이소박이	오이짠지

2.2.2. 주 식

솥	솟	th→S
이남박	쌀박	
숭늉	숭냥	ju→ja

2.2.3. 별 식

밀기울	밀지울	k→č
고명	( )	
새알심	새알	

| 수제비 | 수지비 | e→i |
| 엿기름 | 엿질곰 | k→č, i→o, k첨가 |

2.2.4. 그 릇

시루밑	시루마구니
시루번	시룻번
솥뚜껑(쇠)	소도방
솥뚜껑(나무)	소도방

2.2.5. 부 엌

부엌	정지	
아궁이	부억	
고무래(재)	까꾸래이	
고무래(곡식)	밀개	
부삽	불사깨래	
숯	숫	th→s
화로	화루	o→u
부젓가락	부절가락	s→l
다리쇠	삼발	
석쇠	적세	s→č, ø→e
물부리	대물주리	p→č
담배통	담배꼬바리	
성냥	다항	
부시	부싯돌	
그으름	구제	
냅다	?	

2.3. 가 옥

2.3.1. 가 구

시렁	실강	k첨가, 고어
서랍	삐삐(빼다지)	
궤	기짝	we→i
자물쇠	자물통	
열쇠	쉿대	ø→y
베개	비개	e→i
퇴침	테침	ø→e

2.3.2. 방

미닫이	밀창
돌쩌귀	돌쪽
암쇠	암돌쪽
숫쇠	숫돌쪽
담벼락	원장
흙손	흙칼
귀얄	풀솔
구겨지다	쭈그러지다

2.3.3. 건 물

기와집	와가집	
이영	영개(영애) k첨가	
용마름	용마람	i→a
기둥	지둥	k→č, u→o

낙수물   처마을
기스락물   (   )7)

2.3.4. 마 당

담   원장
뜰   뜨럭   -ək
뒤곁   뒤안8)
변소   통시

2.3.5. 우 물

두레박   뜨레박, 박샘   t→t'
또아리   따뱅이   -ɛɦi첨가
수령   쑤   s→s', -rəɦ탈락

2.4. 의 복

2.4.1. 세 탁

다듬이돌   따듬이똘   t→t'
다리미   다리비   m→p
애벌   아시   s첨가, 고어
두벌   쌈아빨다

---

7) Cɛmmúl.
8) tián

2.4.2. 복 식

<pre>
허리띠   허리빵
고쟁이   단중우, 고장중우
잠방이   곰방중우
누더기   누데기   ə→e
대님   댄님   ㅅ 첨가
(옷감)끊다   (옷감)뜨다
골무   골미   u→i
가위   가시개   고어
반짓고리   반질고리   s→l
베   비   e→i
씨아   쒜기
고치   꼬치   k→k'
번데기   번디기   e→i
</pre>

2.5. 인 체

2.5.1. 머 리

<pre>
가마   가매   a→E
가르마   가름배   p첨가, a→E
</pre>

2.5.2. 얼 굴

<pre>
턱   택   ə→E
콧수염   콧셤   u탈락
보조개   (   )
</pre>

2.5.3. 눈

눈두덩	눈두부리
소경	봉사
애꾸	( )

2.5.4. 코, 입

혀	시	h→s(구개음화)
혓바늘	싯바늘	
혀끝	시끝	
벙어리	버버리	
말더듬이	반버버리	
귀	기	y→i
귓볼	깃밥	y→i
귀에지	기창	y→i

2.5.5. 세 수

세수대야	시숫대	e→i
목욕	목간	
목물	( )	
얼레빗	얼기빗	k첨가
참빗	챔빗	a→E
다리	달비	p첨가

2.5.6. 상 체

왼손	엔손[9]	ø→E

겨드랑	져드랑	k→č

2.5.7. 하 체

엉덩이	응뎅이	ə→i
넓적다리	넙둑다리	č→t, ə→u
정강이	쟁갱이	ə→E
뼈	삐	jə→i

2.5.8. 피부병

부스럼	부시름	i→i, ə→i
사마귀	사마구	y→u
기미	지미	k→č

2.5.9. 질 병

언청이	어칭이	ㄴ 탈락, ə→i
천연두	손님	
학질	초짐(초학)	
감기	고뿔	

2.5.10. 생 리

딸꾹질	깔때기	
트림	기트름	i→i
기지개	지지개	K→č

---

9) i:nson.

졸음	자브람	
졸다	자브랍다	
방귀	방기	y→i
(방귀)뀌다	(방기)끼다 y→i	
구린내	쿠린내	k→kh
고린내	꼬린내	k→k'

2.6. 육 아

2.6.1. 발 달

어린애	어린내	ㄴ첨가
여자아이	기집아	
남자아이	머시마	
기저귀	기주기	ə→u, y→i
뉘다	뉘다[10]	

2.6.2. 재 롱

죄암죄암	쪼막쪼막	
곤지곤지	진진	
따로따로	곤지곤지	
부라부라	달강달강	
새암	샘	ɛa→E

---

10) nwinda.

2.6.3. 놀 이

공기	공개	i→E
고누	꼰	k→k', u탈락
사금파리	새금파리	a→E
소꿉질	반두깨비	
목말	말놀이	
작은막대	작데기	
큰막대	몽뎅이	
쥐불놀이	불놀이	
윷	윳	ch→s
도	또	t→t'
그네	군대	
밀신개	비네장	
썰매	쏠매	ə→ɨ
얼음지치다	얼음타다	
얼레	연감개	
굴렁쇠	동태(굼부린다)	

2.7. 인 류

2.7.1. 가 족

어미	에미	ə→e
할머니	할메	əi→e(축약), n탈락
할아버지	할베	ai→e(축약), a탈락
아우	동상(아우)	
아우보다	아시보다	s첨가
아우타다	아수타다	s첨가, 고어

2.7.2. 결 혼

며느리	며누리	i→u
처녀	처자	
새색시	새댁	
사위	사웨[11]	y→we
올캐	올키	ɛ→i
시누이	시누	i탈락
시동생	시동상	ɛ→a
도련님	( )	
서방님	아즈바님	
홀아비	홀애비	a→E
홀어미	홀이미	ə→i
환갑	한갑	wa→a

2.7.3. 친 척

백부	큰아버지
중부	작은아버지
숙부	작은아버지

2.8. 경 제

2.8.1. 마 을

마을	마실	s첨가, 고어
이야기	애기	ija→jE

---

11) sáu

마을간다	마실간다	s첨가
구멍가게	전방	
얼마	을매	ə→i, a→E
우수리	우수	ri탈락
덤	듬	ə→i

2.8.2. 대장간

풀무	풍로, 풍구	
모루	?	
모루체	모룸미	
벼리다	비리다	jə→i
바퀴	?12)	

2.8.3. 단 위

켤레	커리
자루	가락
두름	갓
뭇	단

2.8.4. 수

한되	한대	ø→E
두되	두대	ø→E
셋	서이	e→əi
세개	시개	e→i
넷	너이	e→əi

---

12) toɲtʰE

| 네개 | 너개 | e→ə |
| 세다 | 시다 | e→i |

2.9. 동 물

2.9.1. 물고기(1)

고기	고기	
고기	살고기	
미끼	고기밥	
지느러미	간진노리	
아가미	아굼지	c첨가
창자	창시	a→i
미꾸라지	미꼬람지	u→o, m첨가
중고기	중태미	
피라미	피래미	a→E
개구리	깨구리	k→k'

2.9.2. 물고기(2)

멸치	미러치	jə→iə
젓	새우젓	
갈치	칼치	k→kh
게	귀[13]	e→wi
새우	새비	
다슬기	파리골뱅이	
(바다)우렁이	?	

---

13) kiː.

2.9.3. 벌 레

서캐	시가리	
장구벌레	짱구벌레	c→c'
가시	까시	k→k'
회충	휘충이	ø→wi
거머리	그머리	ə→ɨ
쌀벌레	쌀벌거지	
바구미	바기미	u→i
굼벵이	굼빙이	e→i
그리마	그리매	a→E
노래기	노내기	r→n
거미	거무	i→u
방아개미	할름깨비	
미얀마재비	오줌찔개	
반딧불	개똥벌레	
땅벌	땡삐	
진드기	찐드기	c→c'

2.9.4. 가 축

쇠꼬리	시꼬리	ø→i
쇠뿔	시뿔	ø→i
쇠발톱	소발톱	
고삐	꼴삐	k→k', l첨가
소입막이	머거리	
외양간	마구간	
두엄	재테미	
발채	걸채	
작대기	옹기	

구유	시통	
여물광	여물깐	
쇠죽	시적	ø→i
쇠죽바가지	시죽바가지	ø→i
마구간	마판	
수캐	숫깨	kh→k', s첨가
암캐	암깨	kh→k'
암코양이	암꼬냥이	kh→k', n첨가
야용야용	애용애용	ja→jɛ
수탉	장딱	th→ɾ'
암탉	암딱	th→ɾ'
병아리	빙아리	jə→i
닭털	달구털	u첨가(소유격?)
닭의어리	달구통	u첨가(소유격?)
벼슬	비실	jə→i, ɨ→i
흰자위	힌재	
노른자위	노린재	
오래오래	돌돌	

2.9.5. 산짐승

여우	야시(여깽이)	
덫	돗	
올가미	올캥이	-ɛɦji
쥐	쥐	y→wi
쥐	쥐[14]	
두더지	뒤지기	

---

14) ci.

2.9.6. 날짐승

깃	새털	
솔개	솔개미	-mi첨가
장끼	쟁끼	a→E

2.10. 식 물

2.10.1. 꽃

꽃	꽃	ch→s
꽈리	까리	wa→a
철쭉	철뚝	č→t'
도깨비바늘	까치바늘	
칡	칠기	i첨가
덩굴	덤불	k→p

2.10.2. 나 물

냉이	나생이	
질경이	질겡이	jə→E
달래	달랭이	-ɛŋi 첨가
씀바귀	씬나물	
고비	( )	

2.10.3. 열 매

| 개암 | 깨묵열매 |

2.10.4. 과 실

껍질   껍디기
보늬   속껍디기
나무껍질   나무껍디기

2.10.5. 야생수

도투리   꿀밤
상수리   송수리   a→o
그루터기   둥치기
삭정이   삭다구(민다리)
솔가리   솔가지   l→c
갈퀴   깔끼   kh→k', y→i
그러모으다   끌다
도끼   도치   k'→ch

2.11. 자 연

2.11.1. 산

산마루   산말랭이
기슭   비알
묘   미(묏자리) jo→i
묏자리   미터   ø→i
벼랑   넝끝
메아리   우~ (산에서는 제일 큰 짐승이므로 다른 짐승이 범접
                 하지 못하게 하기 위하여)

2.11.2. 돌

바위	바우	y→u
돌	돌맹이	-ɛŋi첨가
모래	몰개	k첨가, 고어
흙더미	흑테미	ㅎ 첨가, ə→e
이끼	바우옷	

2.11.3. 하 루

노을	놀이
해거름	어둑살(해거름)
달무리	달무리(이운다)

2.11.4. 시 후

글피	모래	
그글피	저모래	
그저께	아래	
그끄저께	저아래	
섣달	슬달	ə→i

2.11.5. 날 씨

눈개	( )	
가랑비	갈강비	ㄱ 첨가
소나기	소내기	a→E
벼락	천동	
우박	누리(온다)	

가을하다   가을
진눈개비   진갈피
회오리바람   돌개바람
먼지   문지   ə→u
아지랑이   아르랭이   i→ɨ

2.11.6. 방 향

위   우   y→u
밑   밋   th→s
뒤   뒤15)   y→wi
곁   적   k→č
어디   어데   i→e

2.12. 상 태

2.12.1. 길이 · 두께

굵다   굴네
뾰족하게   빼쪽하게   jo→E
짧다   짜르다   p탈락, i첨가

2.12.2. 수량 · 무게

없다   읎다   ə→ɨ
없애다   읎애다   ə→ɨ
가볍다   개갑다   a→E, p→k

---

15) ti

가벼워서	개가와서	a→E, p→k, jə→a
쉽다	십다	y→i

2.12.3. 색채 · 농도 · 깊이

깊다	기프다	i첨가
얕다	야프다	th→ph
맑다	말다	k탈락
되다	뒤다	ø→wi
붉다	뿕다	p→p'
밝다	발다	k탈락

2.12.4. 감각 · 정서

시원하다	선하다	iwə→jə
가렵다	개룹다	a→ɛ, jə→o
간지럽혀라	간지룹다	ə→u
섧다	습다	ə→i

2.12.5. 맛

떫다	뜰다	ə→i

2.12.6. 성품 · 인상

늙다	늘다	k탈락
무섭다	무숩다	ə→u
다르다	틀리다	
엷다	얇다	jə→ja

2.13. 동 작

2.13.1. 요 리

굽다	꿉다	k→k'
구워	꾸	w탈락, ə→u
삶다	쌈다	s→s'

2.13.2. 수 혜

달라고	다고	l, a탈락
다오	다고	k첨가
꾸다	채다	
호미	호맹이	-ɛŋi첨가
씻어라	씨이라	s탈락, ə→i
줍는다	줏는다	p→s
뒤지다	디지다	y→i
나누다	노누다	a→o

2.13.3. 갈무리

(찬밥을)찌어라	뜨수아라	
꿰다	꿰다16)	we→wi
쌓다	동개다, 가리다	
밟다	발다	p탈락

---

16) kˈiːji

얼리라   얼구라   ri→ku

2.13.4. 사 육

신다   싫다
(돼지)친다   키운다
(토끼)기른다   멕인다
(돈)불린다   굴린다

2.13.5. 놀 이

바루다   고춘다
흐트리다   흩는다
자르다   끊다
이어서   잇어서   s첨가, 고어
떼다   띠다   e→i (옛장)
뗀다   뜬다   e→i
(구멍이)메었다   믰다(미이다)   e→i

2.13.6. 이 동

오너라   온나
메다   미다   e→i
뛰다   뛰다17)   y→wi
괴다18)   괴다   ø→wE

2.13.7. 감 각

---

17) t'iida로 본 듯하다.
18) koínda

켜다　　　　　키다　　　　　jə→i
들여다보다　딜다보다　　　i→i, jə탈락
놀라다　　　놀래다　　　　a→E
토라지다　　틀리다

2.13.8. 교 육

가르치다　　갈킨다　　　　i탈락, ch→kh
가리키다　　가르치다
따르다　　　딸르다　　　　r→l
읽다　　　　일다　　　　　k탈락

2.13.9. 인 체

후비다　　　휘비다　　　　u→y
벗기다　　　벳기다　　　　ə→e
앉으세요　　앉으시오
뉘다　　　　뉘이다[19]　　y→wi, i첨가
끼워라　　　찌워라　　　　k'→c'

3. 문 법

3.1. 대명사

누구냐　　　누고(아이들에게)
누구의　　　누구　　　　　ij탈락

---

19) núphinda

자기의   자기   ɨj탈락
제가   지가   e→i
너희   느이   ə→ɨ, h탈락
네가   니가   e→i

3.2. 조 사

3.3. 경어법

3.3.1. 명 령

(으)세요   (으)시오
앉으오   없음
앉아요   ?
앉으십시오   앉으시오

3.3.2. 청 유

3.3.3. 서 술

3.3.4. 의 문 1

오니   잘 안씀
오오?   잘 안씀

3.3.5. 의문 2

가니?   가노?
이어요?   안씀

(으)세요   (으)십니까?

3.3.6. 의문 3

3.3.7. 의문 4

이어요?   안씀
계시니?   기시나?
가셨니?   안씀
계셔요?   기시요?

3.3.8. 부가의문문

3.4. 시 제

왔었니?   안씀
왔니?   왔노?
잡았니   안씀
오겠더라   오겠다

3.5. 사동, 피동

(젖을) 빨게 하다   빨리다
기다려지다   기다리이다   i첨가

3.6. 연결어미

듣지도보지도　듣도보도　　　　ci음절탈락
뭐라고　　　　　뭐락　　　　　o탈락

3.7. 보조용언

-는가보다　　-는가부다 o→u
쌌나봐요　　　안씀
올까봐서　　　올까배
깨끗하지 않아요　안씀

3.8. 부 사

좋이　　　　　안씀
곧장　　　　　곧
나중 사람들은　-덜은
하마터면　　　잘못하면, 까딱하면
알맞게　　　　마치맞게
살짜기　　　　살쩨기　　　　　　a→e
송두리째　　　다
얼마나　　　　을매나　　　　　ə→i, a→e
어찌　　　　　어쩨, 우찌ə→u, i→E
어떻게(방법)　으떠케

4. 음 운

4.1. 단모음

티(i)	쥐(y)	틀(ɨ)	풀(u)
테(e)	쇠(ø)	털(ə)	꼴(o)
태(ɛ)	달(a)		

<단모음체계>

ㅔ : ㅐ,	떼(群) : 때(垢)	t'E : t'E[20]	e→E, ɛ→E
ㅡ : ㅓ,	틀(機) : 털(毛)	thE : thE	ɨ→E, ə→E
	글(文) : 걸(옻)	Kɨl : KEl	
ㅣ : ㅟ,	기(旗) : 귀(耳)	Ki : Ki[21]	y→i
	시(生時) : 쉬	(승란) Si : Si[22]	y→i

4.2. 이중모음

ㅕ,	여럿	여럿	jə→jE
ㅖ,	예의, 계획	예의, 계획	je→jE[23]
ㅑ,	양념, 고약	양념, 고약	ja→ja
ㅠ,	유리, 석유	유리, 석유	ju→ju
ㅛ,	요, 담요	요, 담뇨	jo→jo
ㅞ,	웬일, 궤짝	웬일, 기짝	we→WE

---

20) 이상규(1982), t'i : t'E로 구별하는 것으로 되어 있다.
21) 이상규(1982), Kí : Ki로 성조에 의하여 구별하는 것으로 된다.
22) 이상규(1982), syí : syi로 성조에 의하여 구별하는 것으로 된다.
23) 이상규(1982), je→E.

ㅙ,	왜국, 꽹이	왜국, 깽이	Wɛ→WE[24]
ㅝ,	원망, 권투	원망, 건투	Wə→WE
ㅘ,	왕, 과부	왕, 과부 wa→wa(수의)	
ㅢ,	의논, 무늬	이논,무니	ɨj→i
	왜국 : 외국	왜국 : 외국[25]	
	왜 : 오이	왜 : 오이[26]	
	의자 : 이자	이자 : 이자	
	영감 : 열(十)	영감 : 열	
	열쇠 : 열-지	이을쇠 : 열지[27]	jə→ɨi

4.3. 장모음체계

ㅣ,	일(一) : 일(事)	일 : 일	구별못함
ㅟ,	뛰다(躍) : 휘:다(曲)	띠다 : 휘다	구별못함
ㅚ,	되다(升) : 되:다(硬)	뒤다 : 뒤다	구별못함
ㅐ,	깨다(破) : 깨:다(覺)	? : ?	구별못함
	매(鞭) : 매(鷲)	매 : 매	구별못함
ㅓ,	벌(罰) : 벌:(蜂)	벌 : 벌:	구별함
ㅏ,	밤(夜) : 밤:(栗)	밤 : 밤:	구별함
ㅜ,	눈(眼) : 눈:(雪)	눈 : 눈:	구별함
	줄(絃) : 줄:(연장)	줄 : 줄:	구별함
ㅗ,	볼(顔) : 볼:(버선)	볼 : 볼	구별못함
ㅔ:ㅚ,	제(祭) : 죄:(罪)	제 : 지	ø→i
ㅡ:ㅓ,	들(野) : 덜(小)	tɯ→tɯ	구별못함

---

24) 이상규(1982), Wɛ→E.

25) 이상규(1982), Eguk : E:guk으로 구별함.

26) 이상규(1982), wa : wi 구별.

27) 이상규(1982), yɯ:lsE : Yɯlji로 구별하지 않음.

4.4. 성조체계

ㅣ,	기(旗):귀(耳):게	기:기:기	구별못함
ㅚ,	되다(化):되다(升):되다(硬)	데다:데다:데다	구별못함
ㅐ,	배(梨):배(腹):배(倍)	배:배:배	구별못함
ㅡ,	금(金):금(線)	금:금	구별못함
ㅓ,	섬(石):섬(島):	섬:섬:	장단으로 구별
ㅏ,	말(馬):말(斗):말(言):	말:말 :말:	장단으로 구별
ㅜ,	술(匙):술(酒):	술:술	구별못함
ㅗ,	손(手):손(客):손(孫)	손:손:손:	장단으로 구별

4.5. 자음탈락

4.5.1. 체 언

	-이	-도	-하고	-만
ㅄ,	값	가비	갑도	갑하고	갑만
ㄳ,	삯	삭이	삭도	삭하고	삭만

4.5.2. 용 언

	-어/아	-지	-더라	-(는)다
ㄻ,	젊-	젊어	점찌	점더라	점다
ㄺ,	맑-	맑어	말찌	말더라	말따
ㄼ,	밟-	밟아	발찌	발더라	발는다
ㄾ,	핥-	핥아	할찌	할더라	할는다
ㅄ,	없-	없어	업찌	업더라	업다

4.6. 불규칙활용

		-고	-으니까	-아/어	-오/소
ㅂ 불규칙,	돕-	돕구	도우니께	도와서	도우소
	무섭-	무습구	무수우니께	무수어서	
ㄷ 불규칙,	듣-	듣구	들으니께	들어서	들어요
	묻-	묻구	물으니께	물어서	물어요
ㄹ 불규칙,	들-	들구	들으니께	들어서	들어요
	살-	살구	사니께	살아서	살아요
ㅅ 불규칙,	긋-	긋고	그으니께	그어서	그어요
	낫-	낫고	나니께	나아서	나아요
ㅎ 불규칙,	낳-	낳고	나니께	나아서	나아요
	노랗-	노랗고	노라니께	노라서	노라요
르불규칙,	흐르-	흘르구	흐르니께	흘러서	흘러요
하불규칙,	하-	하고	하니께	해서	해요

4.7. 자음축약

(활용)

놓게	노케
떡하고, 밥하고	떠카구, 바파구
좋더라	조터라

(파생)

급히	그피	
굽혀라	구피라	iə→ii

속히　　　　소키
먹힌다　　　메킨다　　　　　　　ə→E

(복합)

깨끗하군요　깨끄타군요
못했습니다　모탣습니다

(구)

떡했니?　　떠캔나?
밥하고　　　바파고

4.8. 경음화

(체언)

밥도, 떡국도　　　　밥또, 떡꾹또
밭보다, 밭부터　　　받뽀다, 받뿌터
손도, 발도　　　　　손또, 발또

(용언)

먹지, 먹겠다　　　　먹찌, 먹껟다
입지, 입겠다　　　　입찌, 입껟다
쏟지, 쏟겠다　　　　쏟찌, 쏟껟다

(구)

할 수　　　　할 쑤
먹을 것　　　먹을 껏

4.9. 비음절화

4.9.1. ㅣ

		-지	-어(서)	-었다
(반지를)	끼-	찌지	쪄	쪘다
(안개)	끼-	찌지	찌어서	찌있다
(꽃)	피-	피지	피이서	피있다
(팥)	삐-	삐치지	삐쳐서	삐쳤다
(짐)	지-	지지	저서	젔다
(공)	치-	치지	처서	쳤다
(살)	찌-	찌지	쩌	쪘다

4.9.2. ㅜ

(꿈)	꾸-	꾸지	꿔서	꿨다
(돈)	꾸-	꾸지	꿔서	꿨다
(장기)	두-	두지	둬서	뒀다
(죽)	쑤-	쑤지	쒀	쒔다
(선물)	주-	주지	줘	줬다
(춤)	추-	추	춰서	췄다

4.9.3. ㅗ

(비)	오-	오지	와서	왔다
(선)	보-	보지	봐서	봤다
(활)	쏘-	소지	쏴서	쐈다
(엿)	고-	꼬지	꽈서	꽜다

4.10. 모음조화

4.10.1. ㅣ

(눈을)	비비-	비비-	
(문을)	두드리-	뚜디리-	t→t', i→i
(줄을)	당기-	댕기-	a→E
(오랫동안)	기다리-	기달리-	r→l

4.10.2. ㅟ

(밥이)	쉬-	시(셔)	y→i
(얼굴을)	할퀴-	홀키	a→o, y→i
(일이)	쉽-	시워	y→i

4.10.3. ㅔ

(흙을)	떼-	띠-	e→i
(어깨에)	메-	미-	e→i

4.10.4. ㅞ

(실을)	꿰-	뀌-	we→wi

4.10.5. ㅚ

(말을)	되-	돼-	ø→wE
(나물이)	쇠-	시이-	ø→i

(얼굴이)   앳되-   앳띠-   ø→i

4.10.6. ㅐ

(잠을)   깨-   깨이-
(바늘로)   꿰메-   꼬매-   we→o
(손을)   포개-   포개

4.10.7. ─

(술을)   담그-   담아-   ki탈락
(나물을)   다듬-   따듬어   t→t'
(문을)   잠그-   잠가-   i→ø(탈락)

4.10.8. ㅓ

(불을)   켜-   키-   jə→i
(냇물을)   건너-   근너-   ə→ɨ
(가슴을)   펴-   피-   jə→i

4.10.9. ㅏ

(손을)   잡-   잡아
(경치가)   아름답-   아름다워

4.11. 움라우트

(체언)

ㅓ,   성(姓)   승이   ə→i

섬(島) 슴이 ə→i

(사동·피동)

ㅓ 그린다 그린다
(풀을) 뜯기다 뜯기다 i→i
느리다 늘구다
(사)들이다 디리다 i→i

ㅓ, 접히다 ?
(손이) 저리다 지리다 ə→i
벗기다 베끼다 ə→e
(부모를) 섬긴다 셈긴다 ə→e
꺾이다 꺾이다 ə→e
(등에) 업힌다 엡힌다 ə→e

ㅏ, 잡히다 잽히다 a→ɛ
맡기다 맽기다 a→ɛ
깎이다 깩이다 a→ɛ
사귄다 사긴다 y→i
삭인다 색인다 a→ɛ

ㅜ, 굽히다 굽히다
우긴다 우긴다
굶기다 굶기다
묶였다 묶였다
묵히다 묵히다
축인다 추준다

ㅗ, 뽑히다 뽑히다 o→E
속이다 쇡이다 o→ø
볶이다 보끼다

	녹이다	녹쿠다	-khu첨가
	높여라	높혀라	
	쫓겨	쮜끼	o→ y, jə→i

(명사화 -기)

| ㅡ, | 듣기 | 듣기 | |
| | 크기도 | 크기두 | |

| ㅓ, | 벗기 | 벳기 | ə→e |
| | 일어서기 | 이러스기 | ə→i |

| ㅏ, | 가기(싫다) 가기(싫다) | | |
| | 붙잡기(싫다) | 부짭기(싫다) | |

ㅗ,	(다시)보기(싫다)	(다시)뵈기(싫다)	
	오기(싫다) 오기(싫다)		
	(얼굴이)보기싫다	(얼굴이)뵈기싫다	

ㅜ,	죽기(싫다) 죽끼(싫다)		
	굶기도(했다)	굼끼두(했다)	
	(물)푸기(쉽다)	(물)푸기(쉽다)	

5. 음운체계

이 지역의 음운은 음운(segmental phoneme)과 운소(supra-sehmental phoneme)로 구별된다.

5.1. 음운체계

5.1.1. 자 음

양순		치경	경구개	연구개	성문
p		t	c	k	
ph		th	čh	kh	h
p'		t'	č', s'	k'	
m		n		ŋ	

자음체계는 중앙어와 별 차이 없다.

5.1.2. 모 음

i(y)	(ɨ)	u
E	Ǝ	o
	a	

단모음체계는 대부분의 경상도 방언에서 6모음체계로 실현되고 있는 바
와 같이 이 지역에서도 기본적으로 6모음체계를 설정할 수 있다. ( ) 속의
모음은 이 지역에서 수의적으로 실현된다고 본다. '써레→쓰레', '썰매→쓸
매', '조→스숙', '덤→듬'의 경우에는 'ɨ'모음의 실현을, '(오줌)뉘다', '후비
다→휘비다'에서는 'y'모음이 실현되는 것 같다. 특히 ɨ모음의 실현은 변이
음으로 보기보다는 하나의 단모음을 설정할 수 있을 정도로 광범위하게
나타나고 있지 않나 한다.[28]

---

28) 김덕호(1985)에는 상주지역, 화북지역(전이지역), 보은지역의 모음체계를 아래
　　와 같이 설정하고 있다.
　　　<상주> 6모음체계　　　<화북>모음체계　　　<보은>10모음체계

5.1.3. 이중모음

　　j계 : jE, jɛ , ja, jo, ju
　　W계 : Wi, WE, Wɛ, Wa

5.2. 운소체계

　경상도 방언은 성조언어로서 상주방언에서도 아래와 같은 성조와 음장
인식이 있다고 지적하고 있다.

　　손(孫 : 手 : 客)~[soːn] : [son] : [son]
　　말(語 : 斗 : 馬)~[maːl] : [mal] : [mal][29]

　그러나 본조사 제보자들에 의하면 성조의식은 거의 없고 오히려 음장을
인식하고 있음을 지적할 수 있다. 아래 제시하는 단어들은 주로 음장에 의
하여 의미를 구별하고 있음을 확인하였다.

　　벌(罰) : 벌ː(蜂)　　　　밤(夜) : 밤ː(栗)
　　눈(眼) : 눈ː(雪)　　　　줄(絲) : 줄ː(연장)

　이같은 현상은 중부방언권의 음장인식이 이 지역 방언에 침투된 현상이
라 생각한다.

　　I　　u　　　I　ɨ　u　　　I　ü　ɨ　u
　　　E　　o　　　　e　ə　e　　　　e　o　ə　o
　　　　a　　　　　　　ɛ　a　　　　　　　ə　a
29) 상계논문과 민원식(1982)에도 문경지역에 이같은 성조 구별이 있음을 지적하
　　고 있다.

이 지역은 단어를 중심으로 한 성조보다는 문장단위의 억양에 의하여 의미를 변별하고 있다고 보아야 할 것이다. 억양은 대개 수평조와 하강조 2가지로 대별되는데 하강조는 서술, 명령, 의문사가 있는 의문문에 주로 나타나고 수평조는 의문사가 없는 의문문에 주로 나타나지 않는가 싶다.

5.3. 음운변동

표준어와 비교하여 이 지역 방언의 음운변동을 살피기로 한다. 극소수의 예는 제외하고 지배적인 경향만 정리하여 보면 아래와 같다.

5.3.1. 자음의 변동

① 긴장음화

ㄱ) ㅅ→ㅆ(s→s')

시래기-쓰래기   수렁-쑤

삶다-쌂다

ㄴ) ㄷ→ㄸ(t→t')

두레박-뜨레박   다듬이돌-다듬이똘

도(웆)-또

ㄷ) ㅂ→ㅃ(p→p')

붉다-뽉다

ㄹ) ㅈ→ㅉ(c→c')

진드기-찐드기   장구벌레→짱구벌레

ㅁ) ㄱ→ㄲ(k→k')

   고갱이-꼬갱이   고치-꼬치
   고린내-꼬린내   고누-꼰
   개구리-깨구리   가시-까시
   갈퀴-깔키   굽다-꿉다

ㅂ) ㅋ→ㄲ(kh→k')

   수캐-숫깨   암캐-암깨
   암코양이-암꼬냥이   암탉-암딱

② 조음점의 이동

예가 몇 개 안되지만 조음점의 이동양상을 보면 아래와 같은 것도 있다. 이와 같은 현상은 이 지역 방언의 특징인가 한다.

   키-칭이(kh→th)   석쇠-적세(s→č)
   철쭉-철뚝(č'→t')   도끼-도치(k'→ch)
   아지랑이-아르랭이(č→r) ·   다리미-다리비(m→p)
   덩굴-덤불(k→p)

이것 이외에 일반적인 조음점 이동으로는 다음과 같은 것을 지적할 수 있다.

ㄱ) ㄱ→ㅈ(k→c)

   왕겨-왕지   엿기름-엿질곰
   기둥-지동   기미-지미
   곁-젙   기지개-지지개

ㄴ) ㅁ→ㅇ(m→ŋ)

   참깨-창깨

ㄷ) ㅎ →ㅅ (h→s)

혀-시

이들은 구개음화와 비음화로 설명될 수 있는 일반 보편적인 조음점 이동
이다.

③ 첨가

첨가는 음운의 첨가와 음절의 첨가로 구분해 볼 수 있다.

ㄱ) ㄱ (k)첨가

어레미-얼가미   시렁-실강
이영-영개(영애)   얼레빗-얼기빗
모래-몰개

ㄴ) ㅁ (m)첨가

미꾸라지-미꼬람지

ㄷ) ㅂ (p)첨가

가르마-가름배   다리-달비

ㄹ) ㅈ (č)첨가

아가미-아굼지

ㅁ) ㅅ (s)첨가

무-무수   대님-댓님(댄님)
가위-가시개   애벌(매다)-아시(매다)
마을-마실   냉이-나생이
아우보다-아수보다   이어서-잇어서

ㅂ) 기(ki-)첨가
　　트림-기트름

ㅅ) -이(i)첨가
　　칡-칡기

ㅇ) -악/-억(-ak/-k)첨가
　　뜰-뜨럭

ㅈ) -앙이/앵이(-ai, -i)첨가
　　또아리-따뱅이　　　　　산마루-산말랭이
　　돌-돌맹이　　　　　　　호미-호맹이

음절 첨가는 대부분 접두사 또는 접미사 형태들이다.

④ 탈락

이 지역 방언은 탈락과 축약 등이 음운과 음절, 문장에 걸쳐 강하게 나타
난다. 일례로 '무엇이라고 해요?'에 대당하는 이 지역 방언형은 '뭐라 캐?'
인데 여기서 그 탈락과 축약의 정도를 가히 짐작할 수 있다.
본 조사에서는 다음과 같은 탈락형들을 알 수 있었다.

　　새알심-새알　　　　　　수렁-쑤
　　아이-아(지집아)　　　　고누-꼰
　　시누이-시누　　　　　　달라고-다고
　　오너라-온나　　　　　　뭐라고-뭐락
　　누구냐?-누고?　　　　　올까 봐서-올까 배

⑤ 귀착

체언

ㅄ→ㅂ (ps→p) : 값-갑

ㄳ→ㄱ (ks→k) : 삯-삭

ㄺ→ㄹ (lk→l) : 닭-달

용언

ㄻ→ㅁ (lm→m) : 젊~-점(지)

ㄾ→ㄹ (lth→l) : 핥~-할(지)

ㄺ→ㄹ (lk→l) : 맑~-말(지)

ㅄ→ㅂ (ps→p) : 없~-업(지)

ㄼ→ㄹ (lp→l) : 밟~-발(지)

5.3.2. 모음의 변동

① 전설모음화

ㄱ) 아→애(a→E)

가마-가매30)　　　　　　　가르마-가름배

참빗-챔빗　　　　　　　　얼마-올매

그리마-그리매　　　　　　홀아비31)-홀애비

정강이-정갱이

ㄴ) 아→이(a→i)

창자-창시

ㄷ) 어→이(ə→i)

홀어미-홀이미

ㄹ) 어→애(ə→E)

---

30) 어말의 '애(ε) 모음화'는 서남방언에 두드러지게 나타나는 현상으로 알려져
    있다. 이 지역 방언에서도 그런 경향이 짙다.
31) 이런 예들은 움라우트(umlaut)현상에 기인하는 것이다.

텍-택

ㅁ) 여→이(jə→i)

  볏-빗날   혀-시

  뼈-삐   비슬-비실

  병아리-빙아리   (연장을) 벼리다-비리다

ㅂ) 여→에(jə→E)

  벼-베

② 후설모음화

모음변화에서 전설모음화는 일반적이고 후설모음화는 드문 현상이다. 이 지역 방언에서도 이런 경향을 띠고 있어 극소수로 후설모음화는 다음과 같은 예를 들 수 있다.

ㄱ) 이→우(i→u)

  거미-거무[32]

ㄴ) 이→애(i→E)

  공기(놀이)-공개[33]

③ 평순모음화

이 지역 방언에는 특수한 환경을 제외하고는[34] 전설원순모음인 위(y), 외(ø)가 실현되지 않기 때문에 위(y)는 대개의 경우 이중모음 Wi로 실현되며, 외(ø)는 이(i), 애(E), 에(E)로 실현될 뿐이다.[35]

---

32) 이 경우는 순음 'ㅁ'을 개재하고 나타나는 것으로서 '먼지-문지'의 경우와 동궤의 현상이다. 이런 현상은 국어의 일반적인 경향이다.

33) 이것은 이 방언에만 나타나는 특이한 현상인가 한다.

34) '열쇠→쉇대'의 경우에는 위(y)모음이 실현되는 것 같다.

ㄱ) '쥐, 뒤, 뛰-, 뉘-(臥)'의 '위'모음들은 이중모음 Wi로 실현된다.

ㄴ) 외→이(ø→i)
쇠꼬리-시꼬리   쇠뿔-시뿔
쇠죽-시죽   쇠-무시

ㄷ) 외→애(ø→E)
한되-한대   두되-두대

ㄹ) 외→에(ø→E)
퇴침-테침

ㅁ) 웨→이(WE→i)
궤-기짝

④ 원순모음화

이 현상은 앞의 주 32)에서 지적한 바와 같이 순음을 개재한 환경에서 실현되고 있으며 그 외의 것으로 희귀하게 다음과 같은 예들을 지적할 수 있다.

ㄱ) 이→우(i→u)
도리깨-도루깨

ㄴ) 어→우(ə→u)
넓적다리-넙둑다리   무섭다-무숩다

ㄷ) 이→오(i→o)

---

35) 이 지역에서는 ㅐ(ɛ)와 ㅔ(e)를 식별하지 못하기 때문에 두 모음을 같은 전사 (E)로 나타낸다.

가니?-가노?

ㄹ) 아→오(a→o)
　　나누다-노누다

ㅁ) 어→오(ə→o)
　　덫-돛

ㅂ) 으→오(ɨ→o)
　　엿기름-엿질곰

ㅅ) 여→오(jə→o)
　　가렵다-개롭다

⑤ 상승작용

모음의 상승작용은 발음 노력 경제성에 의하여 일반적으로 나타나는 현상이며, 하강작용은 드문 일이다. 이 지역 방언에서 확인되는 상승작용에는 다음과 같은 것들이 있다.

ㄱ) 어→으(ə→ɨ)[36]
　　썰매-쓸매　　　　　　　　덤-듬
　　써레-쓰레　　　　　　　　얼마-을매
　　거머리-그머리　　　　　　없다-읍다
　　섧다-슬다　　　　　　　　뚧다-뜰다(멧장)뗀다-뜬다

ㄴ) 아→이(a→i)
　　창자-창시

ㄷ) 어→이(ə→i)

---

36) 이 지역 방언에서는 일반적으로 ə와 ɨ가 잘 구별되지 않기에 둘다 [ɨ]로 중화되지만 이런 용례들에서는 이 두 모음이 구별 실현되는 것 같다.

홀어미-홀이미

ㄹ) 에→이(e→i)
　베개-비개　　　　　　　　베-비
　떼다-띠다　　　　　　　　(구멍이) 메다-미다

ㅁ) 외→이(ø→i)[37]
　쇠꼬리-시꼬리　　　　　　쇠-무시

ㅂ) 여→이(jə→i)
　뼈-삐　　　　　　　　　　혀-시
　벼슬-비실　　　　　　　　병아리-빙아리
　벼리다-비리다

⑥ 하강작용
본 조사에서는 유일한 예로 '공기-공개'를 찾아 볼 수 있었다.

⑦ 단모음화
j계 모음 단모음화

ㄱ) 여→이(jə→i)
　혀-시　　　　　　　　　　뼈-비
　벼슬-비실　　　　　　　　멸치-미러치

ㄴ) 여→에(jə→E)
　벼-베

---

37) 이 지역 방언에는 '외(ø)'의 실현은 찾기 어렵다. 대부분 '외'에는 '이'로 실현
　　되고 있다. 외삼촌, 외가, 외국, 외서와 같은 단어들을 예로 들 수 있다. 그러
　　나 '참외'의 경우 '외'는 [ø]로 실현되는 것 같다.

• ㄷ) 요→이(jo→i)
  묘-미

W계 모음의 단모음화

  ㄱ) 와→아(wa→a)
  광지리-강지리   꽈리-까리

  ㄴ) 왜→애(wɛ→E)
  괭이-깽이   꽹가리-깽가리

  ㄷ) 웨→이(we→i)
  궤-기짝

⑧ 이중모음화
  ㄱ) 외→위(ø→wi)
  회충-휘충이   되다(농도)-뒤다

⑨ 단모음화
활음이 삭제되면서 단모음화가 실현되는 경우가 많다.

  ㄱ) 활음 j삭제
  볏-빗날(jə→i)   혀-시(jə→i)
  뼈-삐(jə→i)   병아리-빙아리(jə→i)
  벼슬-비실(jə→i)   리다-비리다(jə→i)
  벼-베(jə→E)

  ㄴ) 활음 W삭제
  광지리-강지리(wa→a)   꽈리-까리(wa→a)
  꽹가리-깽가리(w→E)
  괭이-깽이(w→E)

궤-기(we→i)

6. 결 어

지금까지 조사에서 얻어진 두드러진 결과를 요약해서 정리하면 다음과 같다.

(1) 자음은 표준어와 같이 19개 자음체계를 설정한다.
(2) 단모음은 6모음체계로서 i, E, ɨ, a, o, u를 설정할 수 있다. 이 6모음체계는 동남방언의 하위방언권에서 두드러지게 실현되는 체계다. 그러나 이 지역 방언권에는 전설 원순모음 y가 환경에 따라서 실현되고 있으며 특히 ɨ모음은 변이음이라기 보다는 하나의 독립된 단모음으로 추가해야 할 정도가 아닌가 한다. 이같은 현상은 이 지역 방언이 충청북도 방언권의 영향에 기인함이라 생각한다.
ø모음의 실현은 표준어에서도 어려운 실정인데 이 지역 방언에서는 어두의 ø모음은 대개 i모음으로 실현되고 있으며 간혹 이중모음 wi로 실현되는 경우도 있다. E모음은 e, ɛ 모음영역을, ɨ모음은 i, ə모음 영역을 각각 나타낸다.
(3) 이중모음으로 jɨ, jE, ja, jo, ju, Wi, WE, Wɨ, Wa 9종의 모음을 설정한다.
(4) 이 지역 방언의 성조는 거의 소멸상태에 들어가서 어휘의 의미변별은 고저와 같은 성조를 인식하기보다는 오히려 장단의 차이로 구별하는 경우가 짙다. 이 지역은 성조에 의하여 단어 의미를 구별하기보다는 문장단위의 억양에 의하여 의미를 변별하고 있는데, 문말 억양은 수평조와 하강조로 2대별 된다.
(5) 자음변동은 표준어와 대차없으나, 유기음의 긴장음화로 수캐→숫깨,

암탉→암딱 같은 예는 특이하고, 조음점 이동에서 아지랑이→아르랭
이 같은 것은 이 방언에서만 찾아볼 수 있지 않나 한다.

(6) 조어상 접사 첨가가 두드러지고 탈락은 단어, 문장 수준에 심하게 나
타난다.

(7) 모음 변화는 전설모음화, 고모음과, 단모음화가 실현되는데, 이는 언
어의 일반적인 경향이다. 특히 이 지역 방언에도 어말의 ㅐ(E)모음화
가 두드러지게 나타나는 바, 이는 서남방언의 영향하에 기인하는 것
인지가 관심사다.

(8) '-니?' 의문문 대신 '-고?' 의문문만 사용되는데, 이 경우는 반드시 어
른이 아이들에게 묻는 상황이다. 경어법상 하오체는 안 쓰이고, 반말
에 첨사 '-요'를 붙여서 상대방을 존경하는 방법은 이 방언에는 존재
하지 않는다. 그 대신 이 방언에는 첨사 '여'가 붙어서 존경을 나타내
고 있음은 널리 알려진 사실이다. 사동, 피동에서 '-게하다 -아 지다'
와 같은 방법은 쓰이지 않고 선어말 어미 '이(i)'가 그 기능을 대신한
다.

(9) 이 지역 방언에서만 특이하게 사용되는 어휘를 약간 열거하면 다음
과 같다.

미(뉘)	집모래키(새꽤기)	영개(이엉)
칭이(키)	골곰(무말랭이)	초짐(학질)
동태(굴렁쇠)	중태미(중고기)	

제IV장 전라북부방언

IV-1 남원, 전주의 의성·의태어의 한 고찰

1. 서 언

우리는 복합어의 한 갈래로 첩어(疊語)를 설정한다. 본 고찰은 전라북부
방언의 첩어 가운데 의성 의태어를 간단히 고찰하고자 한다. 첩어란 단어
의 한 중복(reduplication)현상인데, 비교적 우리 국어의 구어(口語) 속에 풍
부히 발달되어 있다. 한 예로 '가분가분, 동글동글…'과 같은 첩어를 '가분
+가분, 동글+동글, …'처럼 전후형태로[1] 나눈다면, 전후형태가 똑같은 것
이 반복되는 것이어서 이런 형태는 첩어라 칭하고,[2] '옥신각신, 갈팡질팡,

---

* 본 연구를 위해서 대담에 흔쾌히 응해 주신 다음 분들에게 고마움을 표한다.
    신동호(71세), 전주시 노성동
    윤정순(71세), 전북 순창군 유동면 외 2리
1) 여기서 형태란 용어는 형태소(morpheme)의 개념이 아니다.
2) 이익섭(1983), '현대국어의 반복복합어의 구조'는 현대국어 중앙어의 첩어에
  관한 연구다. 김성렬(1985), '국어준첩어의 음운교체 현상에 대하여'는 이희승
  국어대사전(민중서관)에 등재된 준첩어들의 음운대응 현상을 정리한 것이다.

…’과 같은 형태는 ‘옥신+각신, 갈팡+질팡, …’으로서 전후형태가 완전히 일치하지 않지만 유사한 형태이기에 준첩어(準疊語)로 부른다.

의성 의태어(擬聲擬態語)는 onomatopoeia를 번역한 용어로 음성이 사물을 모방하는 것을 가리키는데, 의성어, 의태어는 그 하위 개념이다. 의성어는 ‘철썩철썩, 왱강댕강’처럼 사물의 소리를 본딴 말이고, 의태어는 청각을 제외한 시각, 미각, 후각, 촉각 등에 의하여 모방한 단어다.

의성 의태어는 감정적이고 유희적인 표현을 하는 데 주된 기능이 있고, 대부분 반복형으로 나타난다. 그래서 심각하고 객관적인 기술을 요하는 문장에는 쓰일 수가 없다. 동요, 동시, 은어, 속어에 자주 쓰이는 의성 의태어는 감정적인 면이 다분히 있는 표현들이다.

표준어의 첩어 의성 의태어에 관한 고찰은 기왕에 여러 번 논의된 바가 있으나,3) 방언의 첩어 의성 의태어에 대한 고찰은 아직 연구된 바가 없지 않나 한다. 첩어는 문어보다는 구어에 빈번히 쓰이기 때문에 그 방언의 화자(話者)라야 연구에 어려움이 덜하겠다. 첩어 의성 의태어는 대화 시 발화 상황의 적실(的實)함을 더해 준다.

본 고찰은 전라북부방언 화자들로부터 직접 청취 수집한 것이 아니고, 대하소설 <혼불>(최명희) 속의 화자들의 대화를 통하여 얻은 것으로 작가 나름의 표현도 깃들여 있는지 모르지만, 이 지역의 일반 화자들이 사용하는 의성 의태어로 볼 수 있겠다. <혼불>(전10권)에서 얻은 첩어 의성 의태어는 50여 단어에 불과한데, 이들 중에는 중앙어권에서도 동일하게 사용되는 것도 몇몇 있지마는 거의 생소한 것들이어서 그 의미를 적확히 알 수 없는 것들도 다수 있어 앞으로 연구가 요망된다.

필자의 졸고(1985)에서는 표준어의 준첩어 110 단어의 음운교체현상을 고찰한 바 있는데, 본 고찰에서도 첩어와 준첩어로 구분해서 살피기로 하

---

3) 윤희원(1993), 박창원(1993), 채완(1993), 조남호(1993), 남풍현(1993), 성기옥(1993) 등 일련의 논문들을 들 수가 있다.

겠다. 얼마 안 되는 전라방언의 첩어 의성 의태어이지만 중앙 표준어의 그것과 어떤 차이점이 있는가도 살피고자 한다.

2. 본 론

그러면 <혼불> 속의 대화를 중심으로 첩어의 쓰임을 살피기로 하겠다. 첩어 의성 의태어를 사용하는 화자들은 주로 평민 상민 계층인데, 특히 상민들의 대화는 짙은 전라방언으로 대화의 적나라함을 배가하고 있다. 구체적으로 대화의 문장을 보면서 첩어 의성 의태어 사용을 알아보기로 하겠는데, ( )속의 숫자는 앞의 것은 권수, 뒤의 것은 면 수를 나타낸다.

2.1. 의성 · 의태어의 의미

이 지역에서 사용하고 있는 의성 의태어의 의미를 알아보면 다음과 같다. 방언에 나타나는 의미로 정확한 의미를 알아낸다는 것이 그 지역화자가 아닌 이상 극히 어렵다. 다음 내용은 현지인의 도움을 얻어 알아본 것을 정리한 것이다.

1) · 가슴이 퉁게퉁게, 불길한 생각이 자꾸 드네이. (10-323)
· 옹구네 가슴이 퉁게퉁게 뛴다. (9-221)

이 말을 중앙어 화자들은 쓰지 않는 것이다. '퉁게퉁게'란 말은 가슴이 두근거려 어찌할 바를 모르고, 당황한다는 의미로 쓰이는 것인데, 중앙어의 '두근두근'에 해당한다. '-하다'가 접미되어 '퉁게퉁게하다'는 단어는 쓰이지만 '-거리다, -대다'는 접미되지 않는다.

  2) · 공배네는 검은 아낙이 추벅추벅 가까이 오는 것을 보고는…
      (7-187)

  '뚜벅뚜벅'에 해당하는 의미로 이 지역에서는 주로 이 말이 더 많이 사용
되고 있다.

  3) · 공배네는 춘복이를 붙들고 입속으로만 궁얼궁얼 누르며 한숨 범
      벅이 된 말을 굴리고 짓이기고 있었다. (8-35)

  '궁얼궁얼'은 중앙어의 '중얼중얼'에 해당되는 뜻이다. '궁얼궁얼'에는 '-
하다, -거리다, -대다'가 모두 접미되어 새로운 단어를 형성한다.

  4) · 그 말이나 생각허제. 되작되작. (7-84)

  '되작되작'은 어떤 동작을 여러 번 반복하는 의미로 사용되는데, '차근차
근'의 의미도 있다. '니미럴 것, 장터댁말을 듣고 되작되작 생각혀 본께 사
내자석 배창시 비비틀리게 허는…'와 같은 문장의 '되작되작'의 의미는
'차근차근'의 뜻이 강하다. 이 의태어에는 '-하다, -거리다, -대다, -이다' 등
이 접미되어 새로운 단어를 만들므로 조어력이 강하다.

  5) · 그들은 살가죽이 누렇게 붓고 들떠서 밀룽밀룽해져, … (1-289)
      · 밀룽밀룽 누렇게 부어 오른 제 아낙과 벌써 잿빛으로 잦아든 어
      린 것, 그리고 오불오불한 자식새끼들을 … (5-269)

  '밀룽밀룽'은 속이 훤히 내비칠 정도로 살가죽이 부어 있는 상태를 가리
킨다. '오불오불'은 중앙어의 '오물오물'에 해당한다.

6)·그러나 도래도래 그 몇 집을 빼고 난 인근 주민 … (3-48)

중앙어에서 돼지를 부를 때 '오래오래'라 하는데, 방언에서는 '도래도래'라고도 한다. 그러나 여기서의 뜻은 그런 것이 아니고 '가차이 죽 늘어서 있다'는 의미다. 집들이 가차이 옹기종기 모여 있는 모습을 이렇게 표현하고 있다.

7)·그러면서 우세두세 움직이는 사람들 틈에서 … (6-48)
·배같이 우세두세 허드니 몇 놈이 베락같이 달라듬서 … (5-208)

'우세두세'는 의성어로서 '두세두세'라고도 하는데, 자기들끼리 소근거림을 나타낸다. 남이 눈치채지 못하게 가만히 어떤 수작을 부릴 때의 상황을 표현한 것이다.

8)·그저 뒷산에서 나무나 한 짐 해다 팔고 제우 입에 풀칠이나 험서
에린 아들 데꼬 꼬부라진 즈그 어매가 가냥가냥 사는디 … (5-303)

'가냥가냥'의 의미는 가난하게 근근덕신으로 살아간다는 뜻이다.

9)·깔담살이 물만 긷는 물담살이들을 욱근욱근 부리었지만, …
(4-95)
·담살이 머심들도 욱근욱근 많이 부리고 했겄제. (5-206)

'욱근욱근'은 양반이 부자로 훈짐나게 잘 살았다는 뜻이다.

10)·난들난들 익거드면 맛이 있게 노나 먹세. (8-317)

'난들난들'은 먹음직하게 잘 익었다는 뜻이다.

11) · 난들난실 묵채를 썰어서 가지런히 놓고 파, 마늘, 참기름에 고춧
　　　 가루, 깨소금, 양념 다하여 … (8-118)

'난들날실'은 '곱게 가늘게'란 뜻으로 묵을 잘 썬 모양을 말하는 의태
어다.

12) · 남의 나라 남의 땅에 남의 집 농사 지어 주고 지쳐서 털래털래
　　　 돌아오는, 농부들의 어처구니없는 정경이라니. (5-262)

'털래털래'는 힘없는 모습의 표현이다. 의태성이 짙으나 의성의 의미도
무시할 수 없다. 이 말은 어떤 말이 접미되어 새로운 단어를 생성하는 힘이
약한 것 같으며 중앙어에서 부분적으로 쓰이고 있지 않나 한다.

13) · 노인은 혜성혜성 성글어서 더욱 추레하게 보이는 수염 몇 낱이
　　　 꼭 풀뿌리 마른 것 같은 턱을 목에다 박고 … (10-171)

'혜성혜성'은 '드문드문'이란 의미다. 수염이 듬성듬성 난 것을 표현하고
있다.

14) · 느그들은 대관절 무슨 권세들을 쥐고 있길래 그토록 잣대밧대
　　　 거만하며 … (6-269)

'잣대밧대'는 '잣지밧지'로도 쓰이는데, 주로 '-하다'가 접미되어 쓰이며
'거만스럽게 고개를 뒤로 젖힐 듯 말 듯하다'라는 의미로, 거만함을 나타낼
때 쓴다. 아래와 같은 문장에서도 이런 의미로 쓰이고 있다. "북조선 동무
덜이 그 동안에 을매나 잣지밧지허니 우리럴 눈 아래로 깔아보고 코방구
뀌고 그랬소."

15) · 덕석가에 저만치 웅게중게 둘러선 사람들이 … (7-96)

'웅게중게'는 '웅기중기'로 이 지역 방언으로 의태어다.

16) · 독한 살맞은 산짐승이나 멧도야지가 덩클덩클 붉은 선지를 가
    슴패기에 쏟으며 … (6-312)

'덩클덩클'은 피가 뭉치고 엉킨 모습을 나타낸다. 피가 엉키고 덩어리져
쏟아지는 모습이 눈에 선할 정도로 실감있는 표현의 의태어다.

17) · 막상 따지고 달라들 때는 그렇게 조단조단 이 잡디끼 서둘도 안
    허고 … (4-218)

'조단조단'은 조목조목, 자세하게의 뜻이다. "보성댁, 워째 이래 쌓소. 조
단조단 말을 혀보씨요."(소설『태백산맥』)

18) · 말곰말곰 춘복의 얼굴을 바라보았다. (4-206)

말곰말곰 바라보는 것은 상대방의 속을 뜯어보면서 쳐다보는 것이다.

19) · 멀 그리 까락까락 따져, 따지기를. (3-304)
    · 멀 물어 본당 거여? 어디 까락까락 물어 바아. (8-69)

'까락까락'은 까다롭게 조목조목 따지는 것을 의미한다.

20) · 문청문청 머뭇거리며 밤 깊은 줄 모르는 사람처럼 … (5-323)
    · 이 궁리 저 궁리 해보니라고 얼른 그 집이를 못 가고 몬창몬창
    허다가, 사랑꾼들이 다 놀고 돌아갈 임시에사 … (5-206)

'문청문청'은 '몬창몬창'으로도 쓰이는데, 시간 가는 줄 모르고 미적미적 거림을 말한다.

21) · 바람할라 설렁설렁. (7-173)

'설렁설렁'은 중앙어에서도 사용된다. "설렁(설렁)거리다, 설렁(설렁)대다, 설렁(설렁)이다" 등의 새 단어를 만든다.

22) · 베 솜씨가 워낙 있어 얼금벌금 석새 길쌈 … (8-310)

'얼금벌금'은 촘촘하지 못함을 나타낸다.

23) · 봄기운에 해토되면서 비글비글해지듯이. (2-216)

'비글비글하다'는 '버글버글하다'로도 쓰이는데, 봄에 해토(解土)되면서 땅이 힘없이 녹아내리는 모습을 나타낸다.

24) · 부처님이 그 떡을 야몽야몽 잡숫겠어? (3-305)

'야몽야몽'은 조금씩 조금씩 먹는 모양을 묘사한 의태어다.

25) · 사리반댁이 오근조근 들려주는 쥐 타령에 놀라 입을 못 다물었다. (8-231)

'오근조근'은 자상하게란 뜻이다.

26) · 쌀 시츨 때보톰 니께잇 것을 월렁쭝이 나서 건드렁건드렁 궁뎅이가 공중에 떠 갖고 못히여. (7-79)

‘건드렁건드렁’은 ‘건들건들, 흔들흔들’의 의미로 중앙어에서도 똑같이
사용된다.

27) · 아까부텀 밥도 못 먹고 애돌애돌 허드라니, 아서라, 애초에 넘으
　　 꺼이여. (4-116)

‘애돌애돌’의 의미를 중앙어의 ‘애닯다’와 관련지어 생각하기 쉽지만, 그
렇게 생각할 수 없다. 이 지역 방언에는 ‘애도롭다’가 있는데, 그 뜻은 후회
스럽다. ‘애돌애돌’은 이 ‘애도롭다’와 동계어로 생각된다. 이렇게 볼 때
이 문장의 ‘애돌애돌’의 뜻은 아주 후회스러워하는 심정을 나타낸다고 보
여진다.

28) · 안서방네는 곧 호닥호닥 뛸 것처럼 보였다. (6-274)

‘호닥호닥’은 중앙어의 ‘홀딱홀딱’으로 ㄹ이 탈락된 형태다. 그 의미는
계속해서 뛰는 모습을 나타낸다.

29) · 알강달강 길쌈할 제. (8-310)

‘알강달강’은 베 짜는 소리를 나타낸 의성어다.

30) · 앞남산 밤대추는 아그대다그대 열렸다드니… (7-83)

‘아그대다그대’는 반복형으로 ‘아그대아그대’로도 쓰이는데, 작은 과일
이 조발조발 열린 모양을 나타낸다.

31) · 어둑발이 깊이 내린 고샅의 검은 길을 허펑지펑 딛으며…
　　 (6-267)

‘허펑지펑’은 중앙어의 ‘허둥지둥’의 뜻이다.

32) · 어디 좀 같이 가자는 강모의 뒤를 우춤우춤 따라 나선다.
    (10-110)

‘우춤우춤’은 성큼성큼 걷는 모양을 말한다.

33) · 옹구네는 벌레벌레 가슴이 벌렁거린다. (7-163)

‘벌레벌레’는 ‘벌렁벌렁’이다.

34) · 유자광이 맨발 벗고 물 욱으로 징검징검 걸어 댕기고… (4-124)

‘징검징검’은 중앙어와 별차 없이 쓰이는데, 발을 멀찍멀찍 뛰며 걷는 모양을 말함이다.

35) · 이름 모를 부위가 써금써금 삭은 기색이 연연한 갈색 부스러니
    들이… (7-218)

‘써금써금’은 뼈가 상해서 구멍이 숭숭 뚫린 정도를 가리킨다. 완전히 팍상한 상태가 아니다.

36) · 이씨 자식들이 다들 우허니 집으로 온 담에 부적 갖고 더레더레
    금줄을 쳐도 쇠양없잉게. (10-314)

‘더레더레’는 ‘드레드레’의 이 지역 방언이다. ‘드레드레’는 국어대사전 (금성출판사)에 다음과 같이 뜻풀이를 하고 있다.

물건이 많이 매달리거나 늘어져 있는 모양. 머루 다래의 덩굴 없음이
서운은 하나 드레드레 열매 맺은 포도 덩굴로 대신할 수 있겠고…(이
효석 서간 초) 작은말은 '다래다래'. 드레드레하다.

이런 사전적 풀이에 따르면 '그네줄이 드레드레한다'와 같은 표현도 가
능하다.

37) · 자주 무름 귀귀마다 진주 옥판 달랑달랑. (8-326)

'달랑달랑'은 중앙어와 그 쓰임이 별차 없다. 작은 방울이 자꾸 흔들리어
소리가 나는 것을 나타낸 의성어다.

38) · 저 망구텡이허고 그작저작 산든 대로 살다 가먼 됭게. (5-172)

'그작저작'은 그럭저럭의 뜻이다.

39) · 젊으나 젊은 처자가 보따리 하나 딱 끼고 뚜리뚜리 어설프게 나
    서고 보면, … (9-250)

중앙어의 '두리두리하다'는 둘레가 더넘차다는 뜻인데, 여기서 쓰인 '뚜
리뚜리'는 이 말과 동계어로 생각되지만 의미는 약간 변하여 '어설프고 야
무지지 못하다'는 뜻이겠다.

40) · 지은 죄가 있어 후둑후둑 가슴이 뛰는 백단이한테 … (7-131)

'후둑후둑'은 '후들후들'과 같은 뜻으로 지치거나 분기를 참지 못하여 다
리나 몸을 자꾸 떠는 모양을 말한다.

41) · 찻시간이 간당간당 허겠네에. (1-144)

'간당간당'은 제 시간에 닿을지 말지 한 상태를 가리킨다.

42) · 홍술이는 제 아비 말을 달콩달콩 받는 만동이의 대가리를, 쥐고
있던 장구채로 한 대 때려 주었다. (5-280)

'달콩달콩'은 말대꾸를 또박또박 하는 것을 이름이다.

2.2. 형태와 음운

이 지역어의 의성 의태어의 구성형태를 살펴보면, 약 50여 단어 중 '아그
대다그대', '건드렁건드렁'만 6음절이고, 모두 4음절로 구성되어 있으며 대
부분 전후 형태가 동일한 완전 첩어다. 이들을 분류하면 아래와 같다.

2.2.1. 첩 어

퉁게퉁게, 추벅추벅, 궁얼궁얼, 되작되작, 도래도래, 밀룽밀룽, 매꼼
매꼼, 가냥가냥, 욱근욱근, 난들난들, 털래털래, 헤성헤성, 덩클덩클, 부
얼부얼, 조단조단, 말곰말곰, 까락까락, 문청문청, 설렁설렁, 비글비글,
야몽야몽, 애돌애돌, 호닥호닥, 우춤우춤, 벌레벌레, 징검징검, 몬창몬
창, 써금써금, 더레더레, 달랑달랑, 뚜리뚜리, 후둑후둑, 자불자불, 달콩
달콩, 오불오불 등.

2.2.2. 준첩어

우세두세, 난들난실, 잣대밧대, 웅게중게, 얼금벌금, 오근조근, 알강

달강, 아그대다그대, 허펑지펑, 그작저작 등.

첩어의 의성 의태어는 어근이 같은 것이 반복된 형태로 본 것이고, 준첩어는 어근의 전후형태가 일치하지 않은 것으로 본 것이다. 어근이 일치하지 않게 된 것은 전후형태에 어떤 자음이 첨가 탈락된 것이든지 아니면 모음 대응의 변화가 생긴 것으로 본 것이다. 예를 들면 첩어 '추벅추벅'은 '추벅+추벅'으로 보아 전후형태가 반복된 형태로서 '추벅'의 어원을 알 수 있는 것으로 본 것이고, '퉁게퉁게'는 '퉁게+퉁게'의 전후 형태로 구분하지만 '퉁게'의 어원을 현재로는 밝힐 수 없지만 역시 어떤 어원인 것으로 간주한 것이다.

준첩어 의성 의태어도 마찬가지로 전후형태로 분류하였을 때 의성어 의태어에 따라 각기 전후 형태의 음운변화가 나타난 것으로 본 것이다. 즉 '우세두세'는 후형태에 ㄷ자음이 첨가된 것이고,[4] '난들난실'은 후형태의

---

4) 필자(1985)에서 전후형태의 두자음교체 현상의 유형으로 다음과 같은 것들을 설정하였던 바 이들의 ㅇ두자음은 자음으로 볼 수 없겠다.
  ① ㅇ-ㄷ : 아웅다웅, 얼근덜근, 알록달록…
  ② ㅇ-ㅂ : 안달복달, 왁달박달, 우락부락…
  ③ ㅇ-ㅁ : 어리마리, 옹송망송, 옹종망종…
  ④ ㅇ-ㅈ : 옹기종기, 오롱조롱, 오마조마…
  ⑤ ㅇ-ㄱ : 옥신각신, 애면글면, 알나리깔라리…
  ⑥ ㅇ-ㅅ : 알뜰살뜰, 엉큼성큼, 얼기설기…
박창원(1993), '현대국어 의성 의태어의 형태와 음운'에도 자음이 교체되는 예로 다음과 같은 것들을 들고 있는데, 두음의 ㅇ도 자음으로 간주할 수 없을 것이다.
  /ㅇ/과 /ㄷ/의 교체 : 왈각달각, 왱강댕강, 월걱덜걱…
  /ㅇ/과 /ㅂ/의 교체 : 우글부글, 언죽번죽, 울긋불긋…
  /ㅇ/과 /ㅅ/의 교체 : 알기살기, 알뜰살뜰, 얼기설기…
  /ㅇ/과 /ㅈ/의 교체 : 옹기중기, 억박적박, 올막졸막…
  /ㅇ/과 /ㅁ/의 교체 : 언틀먼틀
이들은 자음의 탈락이나 첨가로 처리하는 것이 어떨까 한다. 예컨대 '울긋불긋'은 원래는 '불긋불긋'이던 것이 첫형태의 ㅂ이 탈락된 것으로 보고, '알뜰살뜰'은 '알뜰알뜰' 반복형태의 후형태에 ㅅ이 첨가된 것으로 볼 수 있지 않

모음교체5)가 일어난 것으로 본 것인데, 이런 음운변화에는 일정한 규칙성이 없으나 대개의 경향은 찾아 볼 수 있다고 본다.

위에 보인 몇 안 되는 준첩어의 음운교체 현상을 살펴보면, 자음첨가로는 ㅂ 첨가(얼금벌금), ㄷ 첨가(우세두세, 아그대다그대), ㅈ 첨가(웅게중게, 오근조근) 등을 들 수가 있고, 모음교체로는 ㅡ : ㅣ(난들난실)을, 그리고 음절교체로는 그:저(그작저작), 허:지(허펑지펑) 등을 들 수가 있다. 얼마 안 되는 이 준첩어를 대상으로 한 이런 분류가 무의미할 지도 모르나 졸고(1985)의 중앙어 110여 준첩어를 대상으로 한 이런 분류에서 보면 자음교체 경향은 후형태에 두자음이 첨가되고, 첨가되는 자음은 강한 인상을 주는 파열·파찰음 계열인 것과 본 지역방언의 경향이 일치하고 있다고 보여진다. 모음교체는 모음조화가 강하게 나타나고 고-저형의 교체가 지배적인 것으로 나타났다.

중앙어에서 보면, 의성의태어들은 대개의 경우 '-하다, -거리다, -대다, -이다'가 붙어서 새로운 단어를 만드는데, 이들은 모든 의성 의태어에 붙을 수 있는 것은 아니며 일정한 제약이 존재한다. 예컨대 '철썩'이란 의성어는 '철썩거리다, 철썩대다, 철썩이다'는 가능하나 '철썩하다'는 불가능하고, '싱숭생숭'의 의태어는 '싱숭생숭하다'는 가능하나 '싱숭생숭대다, 싱숭생숭거리다(?)'는 불가능하다. 이처럼 이 지역의 의성 의태어들도 위의 말들이 접미될 때 어떤 제약이 있을 터인데 그 제약이 밝혀져야 될 것이다. 이런 문제의 해결은 이 지역 의성 의태어의 정확한 의미와 쓰임이 규명될 때 가능하다고 본다. 얼마 안 되는 이 지역 의성 의태어들의 음운대응을 분류해 보면 아래와 같다.

을까 한다.

5) 필자(1985)의 조사에 따르면 중앙어의 준첩어 모음교체 유형은 모두 33가지로 나누어지는데, 모음조화에 의하여 모음교체가 가장 강하게 나타나고 그 다음은 개구도에 따라 고-저형이 우세하게 나타나는 반면 저-고형도 약간 보이는 바, 이제까지 학계에서는 고-저형만 지나치게 강조한 점이 있었다고 본다.

전후형태의 모음대응

   1) /ㅜ/:/ㅜ/ : 퉁게퉁게, 추벅추벅, 궁얼궁얼, 욱근욱근, 부얼부얼, 문청문
       청, 우춤우춤, 뚜리뚜리, 후둑후둑, 우세두세, 웅게중게

   2) /ㅣ/:/ㅣ/ : 밀룽밀룽, 비글비글, 징검징검

   3) /ㅓ/:/ㅓ/ : 털래털래, 설렁설렁, 벌레벌레, 써금써금, 더레더레, 얼금벌
       금

   4) /ㅗ/:/ㅗ/ : 도래도래, 조단조단, 호닥호닥, 몬창몬창, 오불오불, 오근조
       근

   5) /ㅡ/:/ㅓ/ : 그작저작

   6) /ㅚ/:/ㅚ/ : 되작되작

   7) /ㅔ/:/ㅔ/ : 헤성헤성

   8) /ㅏ/:/ㅏ/ : 가냥가냥, 난들난들, 말곰말곰, 까락까락, 달랑달랑, 자불자
       불, 달콩달콩, 난들난실, 잣대밧대, 알강달강, 아그대다그대

   9) /ㅑ/:/ㅑ/ : 야몽야몽

이 전후형태의 모음대응을 보면 비교적 모음조화가 철저히 지켜지고 있다고 본다. 1)2)의 예들은 개구도상 고모음끼리의 대응을, 3)~7)의 모음대응은 중모음끼리의 대응을 그리고 8)9)는 저모음끼리의 대응이다. 이렇게 개구도상 서로 동위의 모음들끼리 잘 조화를 이루고 있음은 중앙어의 경우와 일치하는 점이라고 본다.

전후형태의 자음대응

   1) /ㅈ/:/ㅂ/ : 잣대밧대

   2) /ㅎ/:/ㅈ/ : 허펑지펑

   3) /ㄱ/:/ㅈ/ : 그작저작

후형태의 자음첨가

   1) ㄷ 첨가 : 우세두세, 아그대다그대, 알강달강

2) ㅈ 첨가 : 웅게중게, 오근조근

3) ㅂ 첨가 : 얼금벌금

이 몇 안 되는 자음대응과 첨가를 볼 때 중앙어의 경우와 역시 일치하고 있는 것으로 보인다. 즉 중앙어에서 밝혀진 바와 같이 자음대응은 첫째, 주로 후형태에 두자음이 첨가되는 경향이 있고, 그 첨가되는 자음은 강한 인상을 주는 파찰 파열음 계통이다. 이 지역방언에서 사용되는 의성 의태어들을 좀더 많이 조사해서 통계 처리를 한다면 이런 경향은 더욱 두드러지게 나타날 것으로 생각한다.

3. 결 어

의성 의태어는 우리 국어 고유어에만 나타나는 현상으로 풍부하게 발달되어 있다. 의성 의태어는 문어보다는 일상 구어(口語)에서 실감나게 빈번히 사용되기 때문에 구어를 대상으로 수집해야 한다. 그러나 이런 방법은 그 지역 화자(話者)라야 능률적으로 수행될 수 있기에 우리는 대개 사전이나 문헌에 의하여 의성 의태어들을 조사하게 된다.

중앙어의 의성 의태어 연구 주제는 정의, 형태, 통사상의 문제들이었다. 본고는 사전에 등재되지 않은 전라북부(주로 남원, 전주 지역)의 의성 의태어를 조사하여 그 의미와 쓰임을 알아봄이 그 목적이었다. 소설 <혼불> 10권에 나와 있는 이 지역 의성 의태어 약 50여 단어를 찾아서 그 의미와 쓰임을 확인한 결과 다음과 같이 요약할 수 있다.

첫째, 이 지역 의성 의태어 의미들은 중앙어로 적확하게 옮길 수 없는 독특한 어감을 가진 것들이 많다.

둘째, 조어상 일부 단어가 6음절로 되어 있고 나머지는 전부 4음절로서 전후형태가 일치하는 첩어들이다. 이 점은 중앙어와 같다.

셋째, 전후형태의 모음대응은 대부분 모음조화에 따른다.

넷째, 전후형태 자음대응은 중앙어와 같이 후형태에 강한 인상을 주는 파열 파찰음이 온다.

Ⅳ-2 현대국어 이중모음 '의'의 단모음화 실현에 대하여

1. 서 언

현대국어의 모음체계는 단모음 10개와 이중모음 11개로 되어 있다. 이중모음은 주모음과 반모음으로 구성되어 있는 바, 반모음이 주모음 앞에 위치하면 상승적 이중모음이라 하고 주모음 뒤에 위치하면 하강적 이중모음이라 한다. 표준발음법 제5항에는 'ㅑ, ㅒ, ㅕ, ㅖ, ㅘ, ㅙ, ㅛ, ㅝ, ㅞ, ㅠ, ㅢ'를 이중모음으로 발음한다고 규정하고 있다. 또 'ㅚ, ㅟ'를 이중모음으로 발음하는 것도 부분적으로 허용하고 있어 13개의 이중모음이 있는 셈이다.

이 가운데 본고에서는 이중모음 '의'의 성격을 살피고자 한다. 국어의 이중모음은 '의'만을 제외하고 모두 상승적 이중모음으로 규정하고 있어 하강이중모음은 오직 '의' 하나 뿐이다. 그런데 논자에 따라서는 '의'를 상승

---

* 본 논문은 2000년 7월 13~15일 체코 프라하에서 개최된 제 12차 ICKL학술대회에서 발표한 내용을 수정 보완한 것임.

적 이중모음으로 설정하는 이도 있으니, '의'의 정확한 음성실현이 무엇인지가 규명되어야 한다.

2. 본 론

주지하는 바와 같이 현대국어의 단모음 'ㅐ, ㅔ, ㅚ, ㅟ'들은 중세국어 당시에는 이중모음이었으나 근대국어 시기에 들어와서 단모음으로 바뀐 것들이다. '의'모음도 중세국어 당시에 이중모음으로 실현된 점은 이들과 마찬가지이나 현대국어에 이르기까지 단모음화하지 않은 상태로 남아 있다.

그러나 '의'의 이중모음 발음실현은 어려운 편이어서 현재 방언화자들에 따라 심한 동요를 일으키고 있는데 'ㅡ'와 'ㅣ'로 단모음화해서 발음하는 경우가 허다하다. 더욱이 '의'모음이 중첩되는 경우는 발음을 정확하게 하기가 거의 불가능하다.

우선 '의'모음을 상승적 이중모음과 하강적 이중모음으로 규정하는 이론의 근거를 각각 살펴보자.

하강적 이중모음이라는 주장

Y계 하강적 이중모음 'ㅢ'의 가장 정확한 음가는 [iy]이다. 이와는 달리 'ㅢ'를 [ɨi]로 발음하는 사람도 있다. 이것은 앞에 온 [ɨ]를 부음으로, 뒤에 온 [i]를 주음으로 발음하는 것인데, 이에 충실하려면 반모음 [ɨ̯]를 인정해야 할 것이다. 그러나 이러한 태도는 대체적으로 받아들여지지 않고 있다. 반모음 [ɨ̯]를 인정하면 [w]의 전설적 짝인 반모음 [ü]를 부정할 수 있는 근거가 없어질 뿐만 아니라, 반모음 [ɨ̯]는 다른 반모음과는 달리 [i] 앞에만 올 수 있다는 설명을 달아 주어야만 하는 부담이 따른다. 또한 이중모음 [uy]나 [oy]를 가지고 있는 방언과 음운의 역사적 발달을 고려하더라도 'ㅢ'

를 [ïy]로 해석하는 것이 바람직하다.[1]

상승적 이중모음이라는 주장

(1) ㅡ겹홀소리는 ㅡ와 다른 홀소리와의 겹홀소리이니 이에는 ㅢ(의) 하
   나 뿐이다. ㅢ(의)는 'ㅡ, ㅣ'의 겹이니 이를 길게 내면, ㅣ만 길어지느
   니라. 말에 그 보기를 들면, "배를 뜨이다"를 "배를 띄다"라 함과 같
   으니라.[2]

(2) 1) 겹홀소리(複母音, complex vowel)—앞에 오는 두 개의 반홀소리에
      따라 j계열과 w계열로 가른다.

   2) 거듭홀소리(二重母音, dipthong)—두 개의 홀소리가 거의 동시에
      한 음절처럼 발음되는 합친홀소리를 이름. 거듭홀소리는 'ㅢ'모음
      하나를 가리킴.
      /ɰi/ :/ɰisim/ '의심', /naɰi/ '나의'
      말소리에서는 거의 [ɯ]와 [e]로 분화시켜 낸다. [ɰi]는 음소적 구실
      을 못한다.[3]

(3) 하강적 중모음은 /ïy/ 하나뿐이다. 따라서 이 중모음은 다른 중모음과
   고립적이며, 매우 불안하다. 다른 상승적 중모음과 동류가 되려고 이
   것을 상승적으로 [ji]로 발음하기도 한다. 그러나 안정성이 없어 소멸
   의 운명에 있지 않나 생각한다.[4]

모음의 구별은 정확한 음가에 기준해야 한다. 'ㅐ, ㅔ, ㅚ, ㅟ'의 단모음화
는 'ㅐ[ay>ɛ], ㅔ[əy>e], ㅚ[oy>ø], ㅟ[uy>y]'로의 음가 변화를 말함이다. 이
것은 주지하는 바 단모음화 과정에 나타난 모음축약(contraction)이었다. 이

---

1) 이승재(1993), 모음의 발음, 새국어생활, 제3권 1호.
2) 최현배(1937), 우리말본, p.66.
3) 황희영(1979), 한국어음운론, p.182.
4) 허웅(1965), 국어음운학, p.205.

들 모음은 단모음화 과정에서 모두 전설화로 실현되었다. 그렇다면 'ㅢ'모음의 단모음화도 전설화를 예상할 수가 있겠다. 'ㅡ'모음은 후설이고, 'ㅣ'모음은 전설이므로 자연 단모음화는 'ㅣ'로 실현될 것이다. 그런데 'ㅢ'의 단모음화 실현은 매우 복잡한 양상을 나타내고 있는 것이 현실이다. 중부 방언권에서 주로 'ㅣ'모음으로, 전라 경상 남부 방언권에서는 'ㅡ'로 실현되고 있다고 보여진다.

전라방언권에서 보면 아래와 같은 예들을 찾아 볼 수 있다. 이 예들은 모두 대하소설 <혼불>(10권) 문장 속의 것들이다. 이 소설에는 전라북부(남원, 전주)지역의 방언이 많이 나타난다.

소유격 '의'의 실현

이 지역의 소유격 '의'는 주로 '으'로 실현된다. 아래 예들의 '으'는 모두 소유격 '의'를 나타낸다.[5]

넘으 돈, 넘으 모습, 넘으 눈, 넘으 재산, 사람으 음양, 넘으 소실, 세상으 기운, 사람으 기운, 인간으 심금, 사람으 흉중, 소실으 신세, 고래 등으 대궐, 아낙으 곁, …

그러나 소유격 '의'가 'ㅣ'로 실현되는 예도 간혹 발견된다.

가진 땅 없어서 대를 물려 그 집의 논 부치고, 그 집의 놉허고, 허드렛 걸어 험서 게우 먹고 사는 처지라먼… (4-109)

---

5) 최전승(1986)은 19세기 후기 전라방언의 속격어미는 '의'와 이것의 변형인 '으'가 주로 사용되었고 근대국어 초기 단계로부터 '-의'로 단일화 되었고, '-의'대신에 '-에'가 윤음 자료에 등장한다고 지적하고 있다. 그런데 소설 <혼불> 대화 속에서는 소유격 '-에'로의 실현을 발견할 수 없는 것은 문장화에 기인하는 것으로 생각된다.

밑줄 친 '이'는 소유격 '의'의 실현이 틀림없어 보인다.

그런데, 다음과 같은 예의 '으'를 어떻게 해석해야 할 지 의문이다.

집안으서, 초리청으서, 뒷산으서, 방죽으서, 눈속으다, 옆으다, 조선
땅으서, 만척으서, 군으서, 면으서, (젊었을) 적으는, 마당으서…

이승으 저승으 지은 죄가, 옛날으 젊었을 적으는, 이 세상으 난 모든
생물, 시상으 날 적으는, 숭년으 이 집 대문 앞에서, …

이 예들의 밑줄 친 '으'는 모두 '의'의 실현으로 보여 진다. 이들은 처격 기능을 하는 '의'로 생각된다. '의'가 처격 기능을 하는 것은 중세국어에서 찾아 볼 수 있는 현상인데, 그 영향이 현재 이 지역 방언에 남아 있다고 본다. 그래서 '의'가 단모음화로 '으'가 된 것으로 볼 수 있겠다. 이것을 현대어 처격 '에'가 '으'로 실현된 것으로 생각한다면 이런 해석에는 음운론적으로 무리한 설명이 된다. 모음상승에서 '에→이'는 가능하나 여기서 후설 '으'에까지는 이르지 않기 때문이다.

아래 예는 구전되는 정선아리랑의 한 구절인데, 이 노래 속의 '으'도 위에서 말한 '으'와 동궤의 것으로서 모음 '의' 발음의 실현으로 여겨진다.

백수야 한산에 심불럭하니
몸으는 다 늙었는데 모발으는 왜 시나

정선으는 덕보가 있어도 구미호는 왜 타나
동면으는 약수가 있는데 사람으는 왜 죽나[6]

처격 '의'가 '이'로 실현되는 현상도 드물게 볼 수 있다.

---

6) 한광선(여)(1928), 박옥녀(여)(1933) 두 사람이 1996년 2월 9일에 정선군 임계면 고양리에서 읊은 것을 채록한 것이다.

아, 집이다가 노적가리 곡석을 산데미로 쟁에 놓고… (2-280)
이 궁리 저 궁리를 해보니라고 그 집이를 못 가고 몬창몬창허다가…
(5-206)

여기 밑줄 친 '이'도 '의'의 단음화라고 본다. 앞의 예들에 비추어 볼 때 이렇게 해석하고자 한다. 그러나 이러한 예는 극히 드물게 나타난다.

이상 전라북부방언의 '의'모음 단모음화 실현을 볼 때 대부분 '으'로 나타난다. 다음은 경상도 방언을 살펴 보겠다.

박경리 대하소설 <토지>(16권)의 방언을 풀이한 <토지사전>을 보면 두음절에 '의'모음을 가진 단어는 '의기상투, 의병총수, 의지하다'이고, '의'가 '으'로 실현되는 예는 '으등스럽다, 으뭉떤다'이며, '이'로 실현되는 예는 '이(衣)걸이' 한 예뿐이다. 이런 예는 구체적인 예들을 더 열거하지 않아도 경상방언에서도 '의'모음이 '으'와 '이'의 단모음화로 실현되고 있음을 보여준다.

이중모음은 주모음과 부모음으로 구성되어 부모음은 순간적인 glide일 뿐이다. 이중모음이 단음화할 때는 부모음은 소거되고 주모음만 남는다. 중앙어에서도 다음과 같은 단모음화의 가능성이 예상된다.

ㅘ, 1) 관심-간심, 과거-가거, 관광-간강, 좌수-자수

    2) 귀환-귀한, 상환-상한, 가관-가간, 미완-미안

ㅝ, 1) 원망-언망, 원수-언수, 원성-언성, 월급-얼급, 원족-언족

    2) 정원-정언, 유치원-유치언, 미원-미언, 수원-수언

ㅙ, 1) 돼지-대지, 꽹과리-깽가리, 괜찮다-갠찮다, 괜히-갠히

    2) 안돼-안대, 점쾌-점개, 족쇄-족새, 유쾌-유캐

ㅞ, 1) 궤변-게변, 췌언-체언, 훼손-헤손, 궤짝-게짝

    2) 발췌-발체

이들 예에서 보는 바와 같이 단모음화 과정에서 부모음이 탈락되고 있다. 그런데 주로 방언에서 '의'모음의 단모음화는 위에서 본 봐와 같아서 아래와 같이 요약할 수 있다.

'의'모음
1) 'ㅣ'가 부모음으로 실현 [iy] 되어 'y'가 탈락한다.
   의학-으학, 의무-으무, 의하다-으하다, 의미하다-으미하다, 의리-으리
2) 'ㅡ'가 부모음으로 실현 [ii]되어 'i'가 탈락한다.
   의복-이복, 의사-이사, 의미-이미, 의리-이리, 으하다-이하다, 의미하다-이미하다, 한의-한이, 주의-주이, 회의-회이, 거의-거이, 수의-수이, 성의-성이

중앙어에서 '의'의 단모음화 현상을 좀더 추가하면 아래와 같다.

어 두	비 어 두
늴리리-닐리리	무늬-무니
듸듸다-디디다(중세어)	하늬(바람)-하니
믜리-미리(〃)	어듸-어디
밋밋ᄒ다-밋밋하다(〃)	어믜-어미
믜다-무이다(〃)	너븨-너비
믯구리-미꾸라지(〃)	가싀-가시
븨다-비다(〃)	사의-사이
싁싁ᄒ다-식식하다(〃)	주의-주이
즤경이, 즹경이-지경이(〃)	도츼-도치
츼다-치다(〃)	우틔-우티
츽츽ᄒ다-칙칙하다(〃)	그글픠-그글피
킈-키(〃)	기픠-기피
틔눈-티눈(〃)	유희-유히
틧글-티끌	너희-너히
픠다-피다	
희다-히다	
희망-히망	

이제까지 '의'모음의 단모음화 실현 상태를 점검해 볼 때 방언차를 보이고 있다. 즉 서남방언, 동남방언권에서는 주로 '으'모음으로, 중앙방언권에서는 '이'모음으로 강하게 실현되고 있다고 본다.

중앙어에서는 '의'모음이 어두(initial이 자음인 경우)나 비어두 위치에서 'ㅣ'로 강하게 실현되고 있어 '의'모음의 주모음은 'ㅡ'보다는 'ㅣ'가 된다고 보여진다. 이런 경향은 공시적으로나 통시적으로나 같은 경향으로 특히 통시적 변화에서 더 두드러지게 나타난다. 이렇게 보는 것이 합당하다면 표준어 표준발음이 중앙어가 기준이므로 '의'모음을 상승적 이중모음으로 다루는 것이 더 합리적이 아닐까 한다. [ï]부모음 설정은 음운이 하나 더 추가되는 부담이 있고 아울러서 형평적 차원에서 부모음 [ʉ]를 인정해야 한다는 부담이 따르더라도 우리는 음성실현 사실을 가볍게 간과할 수는 없다고 본다.

'의' 가 제 음가대로 이중모음으로 실현되지 않고 있는 현상은 북한에서도 마찬가지 현상인 것으로 보고되어 있다. 황대하(1986)는 문화어의 'ㅢ' 겹모음은 방언과 놓이는 자리에 따라 홑모음 'ㅡ, ㅣ, ㅔ, ㅜ'와 대응한다고 보고 다음과 같은 예들을 보여주고 있다.

    ① 'ㅡ'와 대응

의학-으학	의미하다-으미하다
의무교육-으무교육	의하다-으하다
의사-으사	

    ② 'ㅣ'와 대응

의사-이사	의복-이복
의미-이미	의심-이심 (함남방언)

류진방언이 전통적 어음특성을 잘 보존하고 있는데, 이 방언에서는 'ㅢ' 모음을 'ㅣ'도 아니고 'ㅡ'도 아닌 가운데 높은 모음 'ㅓ'로 대응한다고 보

고 있다. 그리고 '의'모음은 둘째 이하에서는 일반적으로 상승적 성격을 띠게 되어 'ㅣ'로 실현된다고 한다.

      한의-한이   주의-주이
      회의-회이   거의-거이
      수의-수이   성의-성이

   ③ 'ㅔ'와 대응
      우리의-우리에   나라의-나라에
      사람의-사람에

   ④ 'ㅜ'와 대응
      남의 소를-남우 쇠르
      남의 밭일을-남우 반닐으
      남의 고역살이를-남우 고역살이르

이중모음의 단모음화에 대한 논의는 최근 신승용(1997), 「하향성 이중모음의 단모음화와 움라우트의 상관성」에서 'ㅔ, ㅐ'를 중심으로 움라우트와 관련하여 논의되었고, 김경훤(1998), 「국어하향이중모음의 통시적 연구」에서 'ㅚ, ㅟ'의 변화를 중심으로 연구된 바 있으나 '의'모음의 단모음화 실현에 주목하려는 경향은 적은 것 같다. 정연찬(1991)에서 비교적 '의'의 단모음화 실현 과정을 밝히려고 노력한 점이 엿보이나, 보다 심도 있는 논의가 앞으로 이루어졌으면 한다.

3. 결 어

지금까지 '의'모음의 단모음화 실현과정을 중앙어와 방언의 경우를 들어

살펴 보았다. 그 결과 다음과 같이 요약할 수 있다.

(1) '의'모음은 어두에서만(초성이 없는 경우) 제 음가대로 실현될 수 있고 대부분 그 실현이 불가능하여 음운으로서 자격을 상실할 처지에 있다.

(2) '의'모음은 이중모음으로서 상승이중모음이냐 하강이중모음이냐가 문제가 된다.

(3) '의'모음의 단모음화는 ㅣ, ㅡ, ㅔ, ㅜ 등으로 실현되는데, 방언에 따라 차이가 나타난다. 즉 중앙에서는 '이'로, 서남 동남 동북방언에서는 '으'로 나타나는 경향이 짙다. 이는 곧 중앙어의 '의'모음은 상승이중모음이고, 방언에서의 그것은 하강이중모음이라고 해석할 수 있다.

(4) 표준발음은 주로 중앙어가 기준이 되기 때문에 '의'모음도 같은 기준에서 상승이중모음으로 처리할 수 있다.

제Ⅴ장 판소리 사설에 나타난 음운 현상

1. 서 언

본고는 판소리 사설에 나타난 음운 현상을 일별 하고자 한다. 다 아는 바와 같이 이조말 申在孝[1]가 판소리 6마당을 체계화하였던 바, 春香歌, 兎鼈歌, 沈淸歌, 박타령, 赤壁歌, 변강쇠歌 등이 그것이다.

이들 작품이 이루어진 연대가 대강 申在孝의 나이 54세로부터 73세 졸년 때까지로 추정되는데 이는 1864~1884년에 해당되며, 그의 작품활동 기간은 약 20년 간이다.

판소리 사설이 쓰여진 시기는 19세기 후반으로 지금으로부터 110~130

---

1) 申在孝(1812~1884) : 조선조 말엽의 가인. 자는 百源, 호는 桐里, 본은 平山, 高敞 출신. 벼슬은 호조참판, 동지충추부사. 판소리 연구에 전심하여 종래 체계가 없이 불려지던 광대소리를 통일하여 <심청가>, <박타령>, <토끼타령>, <적벽가>, <가루지기 타령> 등 다섯 마당으로 체계를 세우고 <춘향전>, <박타령>, <토끼타령>, <심청전> 등을 창극화하는 등 창극의 발전에 공이 큼. (새 우리말 큰 사전)

년 전의 기록이다. 이 기록을 통하여 그 시기의 음운 현상의 일면을 고찰하려는 것이 본고의 취지이다.

신재효는 전북 고창 출신으로서 그가 판소리 6마당을 정리할 때 그 당시 전라도 방언이 작품 속에 다분히 반영되었으리라는 것이 본고의 가정이다. 또 실제 판소리 사설이나 창을 들을 때 이같은 가정이 입증된다.

본고에서 고찰 대상으로 택한 판소리 사설은 張子伯 唱本 春香歌를 중심으로 한 姜漢永 校注 春香歌, 토별가, 심청가, 박타령, 적벽가, 변강쇠가 등이다.

우리는 지난 과거의 언어사실을 밝힘에 있어 우선 문헌 기록에 의지할 수밖에 없다. 문헌이 여러 異本이 있을 때는 어느 것이 진본인가를 밝혀야 오류를 범하지 않게 된다. 판소리 사설도 여러 異本이 있다. 그 중 어느 본이 정본인지 판단하기가 어려운 경우도 있다. 어느 경우든지 정본을 밝히는 데는 書誌的인 식견이 있어야 한다. 본고에서는 姜漢永(1978)이 택한 판소리 사설을 기준으로 하였다. 다만 張子伯 唱本 春香歌만은 판소리학회(1987)를 준거하였고 임방울의 창본 <수궁가>, <적벽가>도 참조하였다.

이렇게 하여 판소리 사설을 살피면 19세기 말, 즉 지금으로부터 백 수십 년 전의 전라도 방언을 중심으로 한 음운현상을 유추할 수 있을 것으로 생각된다.

2. 본 론

그러면 판소리 사설에 나타난 단어를 중심으로 음운 양상을 살피기로 하겠다.

2.1. 자음

2.1.1. 첨 가

2.1.1.1. 음운의 첨가

1) ㄱ 첨가
    -마다 ~ -마닥(퇴, 264)
    · 요스이 종피가루 돌밋마닥풀어노니…

'-마다' 조사에 ㄱ 이 첨가되는 현상은 도처에 산견되는데 이는 현대어와 비교할 때 특이한 현상이다.

2) ㄴ 첨가
    흐트러지게 ~ 헌트러지게(변, 572)
    · 푸른 머리 헌트러지게 집어얹고…

ㄴ음 첨가는 중세국어 이후 후대에 나타난 현상으로 비교적 광범위하게 나타났다. 예를 들면 아래와 같다.

ᄀ초다(藏)>곤초다	ᄒ오아>ᄒ온자
그처(切)>근처(끈처)	가치(鵲)>간치
고티다>고치다> 곤치다	어치(靮)>언치
너출>넌출	더디다>던지다
이제>인제	-며서>-면서

그런데 근세국어에 이르러 ㄴ 첨가 현상은 활발하지 못하였는데, 판소리

사설에 나타난 '허트러지게>헌트러지게'는 중세어의 영향인가 한다. 이는 誤記인지 흔히 찾아볼 수 없는 현상으로 특이하다.

3) ㅁ 첨가

    -부터 ~ -부틈(퇴, 264)
    ·도미가 발셔부틈 슝셔가 원이라

<內訓>(1475)에는 'ㄱ초다〉 곰초다'가 보이고 <漢淸>에도 '머추다〉 멈추다'로 변한 것이 보인다. 이로 미루어 보아 ㅁ 첨가도 중세국어로부터 나타난 현상이다. 현재 방언에서도 '나부텀 간다'와 같이 ㅁ 첨가현상을 찾아 볼 수 있다.

4) ㅂ 첨가

높아 ~ 놉파(춘, 7)	앞에 ~ 압페(춘, 16)
옆에 ~ 엽페(춘, 7)	깊은 ~ 집픈(춘, 34)

여기서 보는 바와 같이 ㅍ 받침인 경우 ㅂ 을 더 첨가하여 소리 내고 있는데, 이것은 유기폐쇄음을 힘주어 소리내려는 현상이 아닐까 한다. 그런데 '수풀~숨풀'(적 516, 변 576)과 같은 이양표기는 단순한 誤記로 보아야 할지 의문이다.[2]

2.1.1.2. 음절의 첨가

    감(材)~가음(퇴, 278)[3]   맘(心)~마암(퇴, 270)[4]

---

2) 張子伯 唱本 春香歌에 '춘향어모 압을 셔서…'에서 '압을'은 유기성 상실의 발음을 나타낸 것으로 생각된다.
3) 'ㄱ슴>가음>감' 발달의 중간 단계 형태일 것이다.
4) 'ᄆᆞ슴>마음>맘' 발달과정에서 음절 축약에 따른 보상성 장음화 표시로 '마

곰(態)~고음(퇴, 278)   김~기음(박, 350)5)
개미~기암미(박, 354)   냄새~너암시(박, 374)6)
외치다~외우치다(적, 488)   바뀌다~밧귀우다

　국어의 단어들은 통시적으로 중세국어, 근대국어, 현대국어의 단계로 변천하면서 음절 축약과정을 거치게 되는 경우가 허다하다. 여기 예들은 대부분 이런 변천과정의 예외들이다. '가음, 마암, 고음, 기음'과 같은 단어가 이에 해당한다. 이들이 음절축약과정을 거쳐 '감, 맘, 곰, 김'과 같이 되면 補償性長音化가 나타난다. 그런데 위의 나머지 예들은 제1음절 장음을 표시하기 위하여 음절을 하나 더 첨가한 형태들이다.

2.1.2. 탈락

　음운변동의 한가지 현상으로 탈락이 나타난다. 이는 흔히 나타나는 언어현상으로서 판소리 사설에서 나타나는 탈락의 종류는 아래와 같다.

1) ㄴ 탈락
　　남녀~남여(심, 156)   손님(媽媽)~손임(심, 246)
　　손중~수중(퇴, 266)   헌갓슨~헌갓스(심, 184)
　　눈(雪)~누(퇴, 297)(만학의 누 쓰이여…)

　이들 ㄴ음 탈락의 유형을 보면, 한자음 음절의 첫소리로 나타난 ㄴ 이나 고유어 음절에 쓰인 ㄴ과 관형사형 -ㄴ 이 탈락되고 있다. 여기에는 일정한 탈락의 기준을 세울 수 없어 보인다. 唱者에 따라 임의적으로 나타난 현상이 아닌가 한다.

암' 형태가 도출된 것이다.
5) '기슴>기음>김' 발달의 중간단계형이다.
6) 모두 제1음절 음장표시로 음절이 추가된 형태이다.

2) ㄹ 탈락

인리(隣里)~인이(심, 156)　　　　청렴(淸廉)~청염(심, 156)

직령(直領)~직영(심, 156)　　　　국량(局量)~국양(박, 406)

속량(贖良)~송양(박, 412)

장리변(長利邊)~장이변(심, 158)

팔자(賣)~파자(심, 234)[7]

들리난니(被廳)~들이난니(심, 160)

고유어의 경우에도 일부 ㄹ음 탈락현상이 있지만, 주로 한자어의 ㄹ음이 탈락되고 있다.

3) ㅇ 탈락

잉어(鯉魚)~이어(퇴, 256)　　　　농어(鱸魚)~노어(퇴, 256)

극소수 예지만 물고기 이름을 나타내는 말에서 받침 ㅇ 탈락을 보인다. '잉어'는 한자어 '鯉魚'에 ㅇ 이 첨가되어 '링어'가 되고 또 두음법칙에 의하여 '잉어'로 된 것이다. 그런데 판소리 사설에 '이어'로 ㅇ 이 탈락된 것은 잠정적인 형태로 볼 수밖에 없다. 중세어로부터 첨가 현상은 대세였다.[8]

2.1.3. 중가

한 단어나 어절 속에 같은 음이 중복되는 경우가 중세국어 이래 있어 왔다. 판소리 사설에서도 이와 같은 현상이 두드러지게 나타나는 바 아래에 사례별로 살피기로 한다.

---

7) 현대어에서도 '노자(遊), 사자(生)'와 같이 ㅈ 앞 ㄹ은 흔히 탈락되고 있다.

8) '부어>붕어, 쇼야지>송아지, 사어>상어, ᄆ아지>망아지, 버워리>벙어리, 나ᄉᆡ>냉이' 등 다수.

1) ㄱ 중가

　　　삐꼬리~찍쏘리(춘, 2)　　　　새끼~식끼(심, 166)
　　　애고~익고(심, 168)　　　　　박아~박가(춘, 3)
　　　이자식아~이자식가(춘, 39)

여기서 보면 ㄲ(ㅺ) 경음을 'ㄱ +ㄱ '으로 분철 표기한 것이 두드러지며
때로는 ㄱ 을 더 중가해서 표기하고 있다.

2) ㄴ 중가

　　　양반이~양반니(춘, 1)　　　　아니~안니(춘, 2)
　　　원앙~원낭(춘, 2)　　　　　　마누라~만노러(심, 158)
　　　과인(寡人)~관인(심, 210)　　　하나~흔나(퇴, 268)
　　　크냐~큰냐(박, 384)

이들은 같은 ㄴ 이 중복되는 경우이다. 아무리 자음이라도 1개 單子흡을
발음할 때보다는 2개 같은 자음을 중복해서 발음할 때 발성시간이 길어진
다. 판소리 창은 길게 끌면서 소리를 내게 되니 자음 중복 발음현상이 나타
난다고 보겠다. ㄴ 과 같은 비음은 코로 숨을 내보내면서 내는 소리니 다른
자음(파열음)보다는 발음시간이 길어진다.

3) ㄹ 중가

　　　골골이~골골리(춘, 1)　　　　버들은~버들른(춘, 12)
　　　말을~말를(춘, 12)　　　　　　날을~날를(춘, 12)
　　　따라~짤라(심, 168)

피하릿가~피할릿ㄱ(춘, 158)

ㄹ은 받침으로 쓰이고 뒤에 모음으로 시작되는 독립성이 없는 말이 오는 경우와 모음 사이에 위치할 때 탄음으로 소리난다. 위의 어례들은 이같은 환경에 놓인 ㄹ이지만, ㄹ을 하나 더 중가함으로써 그 소리는 설측음으로 바뀌게 된다. 彈音은 調音作用이 1回性이며 순간적인 데 반하여 舌側音은 폐쇄동작을 어느 정도 길게 끌면서 내게 되므로 판소리 창에서는 자연 설측음으로 소리날 수밖에 없지 않나 한다.

4) ㅁ 중가

범연이~범면히(춘, 23)

ㅁ 중가형은 1례 밖에 찾을 수 없다.

5) ㅅ 중가

버릇을~버릇슬(심, 246)　맛이 ~ 맛시(퇴, 262)
이곳을~이곳셜(춘, 12)　　것이요~것시요(춘, 13)
이때~잇떠(춘, 1)　　　　어떠한~엇쩌한(춘, 6)
같은~갓튼(춘, 7)　　　　부채질~붓치질(춘, 31)

ㅅ이 받침으로 쓰이고 다음에 독립성이 없는 모음으로 시작되는 말이 오면 ㅅ이 중가해서 나타나는 경우는 위의 ㄹ 중가에서 살편 것과 같다. 또 'ㅌ, ㅊ, ㅍ'과 같은 자음 앞에 ㅅ이 오는 것은 이들 자음들이 폐쇄음들이기에 그 폐쇄음의 내파음을 ㅅ으로 표기한 것이라고 본다.

2.1.4. 상음절 말음화

중세국어에는 連音法則이 있어서 上音節의 末音이 下音節의 초성으로 連綴 표기되는 경우가 허다하였다.[9] 그런데 판소리 사설에는 그와 반대로 하음절 첫소리가 상음절 말음으로 표기되는 현상이 뚜렷하다. 이것은 매우 강하게 나타나는 현상인데, 아래에 보기를 들어 보겠다.

이름~일음(춘, 5)   그네~근의(춘, 11)

두더기~두덕이(춘, 12)   저녁~전역(춘, 18)

무릎~물읍(춘, 22)   구녁~군역(춘, 24)

쑤며~쑴여(심, 160)   거닐며~건일며(춘, 6)

무너지며~문어지며(심, 160)   하시니~하신이(춘, 1)

녹이니~녹인이(춘, 12)   새겨보면~식여보면(춘, 19)

그러면 이와 같은 현상이 어째서 일어날까? 필자의 생각으로는 판소리 창을 길게 냄으로 말미암아 나타나는 현상이 아닐까 한다. 즉 唱者는 한 音節 한 音節을 간격을 두어서 길게 내려고 하는 경우 상음절을 길게 빼면서 하음절로 옮아가게 되는데 상음절 소리가 채 끝나기도 전에 하음절 첫소리가 流入해서 이런 결과가 나타나는 것이 아닌가 한다. 상음절 말음화의 반대 현상이라고 볼 수 있는 연철은 판소리 사설에서는 거의 찾아 볼 수 없는데, 그 이유는 정상적인 속도로 발음하면 자연히 연음현상이 나타나기 때문이 아닌가 한다.

2.1.5. 자음접변

(1) 젓나무~젼나무(춘, 16)   거짓말~거진말(춘, 18)

---

9) '말쏨이→말쏘미, 뜯을→뜨들, 놈이→노미' 들이다.

초이렛날~초이렌날(춘, 16)   욕임금~욘임금(춘, 96)
넉넉하다~넝넉ᄒ다(퇴, 266)   환란~활란(퇴, 268)

(2) 죽는~준난(퇴, 280)[10]
캄캄하다~캉캉하다(심, 248)   섬겨라~성계라(박, 432)

(1)의 어례들은 현대어의 자음접변의 규칙에 부합되는 것들이나 (2)의 어례들은 그렇지 못하고 예외적인 것들이다. 현대어에서는 '죽는~중는'으로 되어 ㄱ 이 ㅇ 으로 바뀌면서 부분 동화를 보이는데, 판소리 사설에서는 간혹 '죽는→준난'으로 변하여 ㄱ 이 ㄴ 에 완전히 닮아 완전동화를 보여 주고 있는 점은 특이하다.

'캉캉하다'의 경우도 특이한 예인데, 현대어에서는 화자에 따라 '캉캄하다'로는 발음되고 있으나 물론 표준발음은 아니다. 이 경우 자음연결 변화 과정을 보면, 'ㅁ +ㅋ →ㅇ +ㅋ '이 되는데, 이것은 선행 자음 ㅁ 이 후행 자음 ㅋ 을 닮아서 ㅇ 으로 바뀐 것이다. ㅁ 과 ㅇ 은 모두 비음 자질을 공유하고 있는 같은 성질의 자음으로 ㅁ →ㅇ 로 바뀐 것은 ㅋ 의 조음위치에 이끌린 것이다. 그러나 '캉캉하다'의 제2음절이 '캉'으로 되는 것은 자음접변의 결과는 아니고, 제1음절에 동화된 것이다.

'섬겨라~성계라'의 경우도 후행자음 ㄱ 에 선행자음 ㅁ 이 동화된 것은 '캉캄하다'의 경우와 동궤의 현상이다.

자음접변은 음의 同化의 일종으로 발음의 경제 원리에 의하여 나타난다. 판소리 사설에는 자음접변이 강하게 나타나고 있음을 볼 수 있는데 이런 경향은 현대어에 이어지는 현상이다.

---

10) 스람손의 준난 거슨 죠금도 셜즌ᄒ나…(퇴, 280)

2.1.6. 연음화

시키어~식여
· 참봉출육식여… (춘, 1)
· 호사식여도 무신 걱정이 잇쓰릭가 (춘, 46)

된소리·거센소리를 예사소리로 발음하는 경우는 연음화다. 다음 항에
서 보는 바와 같이 음은 강화되는 방향으로 변해 가는 것이 상례인데, 이것
은 그에 반대되는 현상인 것이다.

2.1.7. 강음화

삯바느질~쌕[11]반의질(심, 156)
계화(桂花)가지~게화까지(심, 160)
삼을 갈라 뉘여~쌈을 갈나 뉘여(심, 160)
수수~쑤슈(변, 612)

강음화는 현대어에 이르러 젊은 청소년층에 더욱 강하게 나타난다. 그들
의 일상 대화에서 꽈파티(과파티), 쏙마음(속마음), 쐬푼(쇠푼)과 같은 말을
흔히 들어볼 수 있다.

2.1.8. 구개음화

(1) 겨우~계우(춘, 14)　　　기억~지역(춘, 18)
　　기울~지울(춘, 20)　　　깊고~집고(춘, 19)
　　껴라~쩌라(춘, 25)　　　길~질(춘, 43)
　　교만~조만(춘, 65)　　　곁에~졋터(심, 170)
　　기음~지음(심, 182)　　　김장~짐장(박, 352)

---

11) 쌱(적, 462), 쏙(심, 156)으로도 나온다.

기동~지동(박, 372)   기와~지와(박, 388)

(2) 혀~셔(심, 166)   현신~션신(춘, 58)
    헤아리면~시야리(퇴, 318)

(1)의 어례들은 'ㄱ→ㅈ'구개음화를 나타낸다. 판소리 사설에서는 ㄱ 구개음화가 지배적으로 나타나고 있음이 특이하다. 현대어에서 대표적인 구개음화인 ㄷ→ㅈ, ㅌ→ㅊ 은 거의 찾아 볼 수 없다. 이것은 우연성인지 아니면 다른 어떤 이유가 있는지 의문이다. (2)의 어례들은 ㅎ→ㅅ 의 구개음화로 현대어와 다름이 없으나, 현대어보다 더 ㅎ 구개음화가 강하게 나타나지 않았나 한다.

그런데 판소리 사설에 나타난 특이한 현상은 구개음화에 역행하는 사실로서 '짐승→김싱(퇴, 216), 소주(燒酒)→효주(박, 352)'와 같은 예가 그것이다. 구개음화는 발음의 순리인데, 구개음화를 역행하는 것은 音理에 어긋나는 특이한 현상이다.

2.1.9. 어간재구조화

단어의 기존 형태를 다른 형태로 바꾸게 되는 경우를 語幹再構造化라 한다. 판소리 사설에 나타난 사례들을 찾아보면 아래와 같다.

(1) 낯→낫
    ·어린 즈식즈버다려 나슬흔듸 문지리며… (심, 166)

'낯→낫'으로의 어간재구조화는 현대어에도 나타나는 현상으로 특이한 것은 아니다.

(2) 낮(晝)→낫

　　·밤나스로고승ㅎ다 (퇴, 300)

이것도 앞의 것과 마찬가지로 특이한 것은 아니다.

(3) 집(家)→짓

　　·짓비우러네갓던냐 (박, 402)

'집'의 어간이 '짓'으로 간혹 나타나는 것은 현대어에 비하여 특이한 경우라 하겠다.

(4) 돝(豚)→돗

　　·소만이잡고돗만이잡고… (적, 456)

받침 ㅌ→ㅅ 으로 바뀌는 어간재구조화는 현대어에서도 흔히 찾아볼 수 있다.12)

(5) 솥→솟

　　·묵은간장솟빗은얼는얼는치젼에풀이업늬 (적, 462)

이것은 앞의 (4)어례와 같다.

(6) 빛→빗

(5)의 예문에서 확인된다.

(7) 돛(帆)→돗

　　·순풍에돗을달고… (적, 478)

---

12) 팥→팟, 낱→낫, 솥→솟.

(8) -듯이~-득기

　　　・미운것먹은득기입을불며… (박, 392)

이 어간재구조화는 특이한 현상이다. 전라, 충청 방언권에서 찾아볼 수 있다.

(9) 싣다(載)~싫다(슳다)

　　　・돌콰나무지와드를슈리의슬코셜민의슬코석게실코… (박, 388)

'싣다'는 ㄷ 불규칙 용언이기에 활용시 ㄷ→ㄹ 로 바뀌는 것은 설명이 가능하다. 그러나 ㅎ 이 개입되어 어간이 '슳'(슳)로 되는 것은 어간재구조화로 볼 수밖에 없다.

　이상에서 본 바와 같이 어간 받침 ㅈ, ㅊ, ㅌ 들이 ㅅ 으로 바뀌는 어간재구조화는 현대어에서도 찾아볼 수 있는 현상이기에 별 문제성이 없다. 그러나 '듯이~득기, 싣다~슳(슳)'과 같은 재구조화는 판소리 사설에서 찾아볼 수 있는 특이한 어례들이다.

2.2. 모 음

2.2.1. 모음의 교체

동일한 단어 내의 모음이 교체되는 유형을 살펴보면 아래와 같다.

2.2.1.1. '으'→'이'

　1) 즉위~직위(춘, 1)　　　　　　　늦은~느진(춘, 4)

웃음~우심(춘, 9)   이슬~이실(춘, 15)
정승~정싱(춘, 23)   충암~칭암(춘, 40)
말씀~말씸(춘, 40)   슬플~실플(춘, 52)
갖은~가진(심, 158)   슬하~실하(심, 158)
즐거움~질거움(심, 162)

2) 프른~푸린(춘, 25)   다른~다린(춘, 35)
   그렸다~기렸다(춘, 30)   그리는가~기루난가(춘, 50)

　1)의 예는 치음하의 '으'모음이 '이'모음으로 바뀌는 前舌母音化의 일종으로서 李朝 後期에 짙게 나타나는 현상이다.13) 판소리 사설에도 강하게 나타나고 있다.

　2)의 어례들은 치음화가 아닌 상황에서 ㅣ모음화가 나타나고 있음을 보여 주는데, 이는 치음하 전설모음화의 강한 여파로 말미암은 것이라 생각된다.

2.2.1.2. 'ㅇ'→'으'

칭송~충송(춘, 1)   칭찬~충춘(심, 158)
십실지읍~습실지읍(박, 324)   심다~슴다(박, 362)
계집~계즙(박, 326)   기린~기른(춘, 42)

　이 어례들은 (1)에 역행하는 것들이다. (1)의 경우가 정상적 변천 과정임에 반하여 (2)의 경우는 변천 과정에서 나타나는 혼란상으로 일시적이었다고 할 수 있다.

---

13) 劉昌惇(1980) 참조.

2.2.1.3. '으'→'어'

글을~글얼(춘, 2) 집을~집얼(춘, 3)
버들은~버들언(춘, 12) 아들~아덜(심, 162)
어른~어런(춘, 13) 사람들~스람덜(심, 158)
많으니~만헌니(춘, 5)

현재 경상방언, 일부 전라방언에서는 '으'모음을 발음하지 못하고 '어'로 발음하고 있다. 이런 경향이 판소리 사설에 반영된 것이다. 이것으로 볼 때 이 방언권에서 '으'발음을 못하는 것은 상당히 오래 전부터 굳어진 결과라고 생각된다.

2.2.1.4. '이'→'의'

지리(地理)~지릐(퇴, 306) 이치(理致)~의치(퇴, 308)

'이'→'의' 교체현상은 몇 단어에만 나타나는 것으로서 특이한 예다.

2.2.1.5. '에'→'의'

요순에~요순의(춘, 1) 향곡에~향곡의(춘, 1)
칼에~칼의(적, 488)

중세국어에서는 소유격 '의'가 제2차 기능으로 처격 역할을 하였다.[14] 여기 어례들도 그 여파의 반영인 것이다. 그런데 판소리 사설에 나타난 처

---

14) '의, 이'가 처격기능을 하는 예를 중세문헌에서 얼마든지 찾아볼 수 있다. 나지(용, 101), 바미(용, 101), 남기(용, 84), 나조희(月一, 45), 우희(月一, 44), 미틔(용, 58), 처서믜(월, 9).

격으로 '으'가 빈번히 쓰이고 있는 점은 특이하다. 이것을 '으'처격이라 하
고 아래에 그 사례들을 열거하여 보기로 하겠다.

입밖에~입박쓰(춘, 51)　　　　앞에~압프(춘, 60)

함께~함쓰(춘, 78)　　　　　옷에~옷스(심, 184)

디명에게~디명으게(박, 358)

2.2.1.6. '아'→'어'

강근(强近)한~강근헌친척(심, 156)

가련한~가련헌(심, 156) 하물며~허물며(심, 176)

현재 서울을 중심으로 한 중부 방언권에서 '하다'동사의 활용형 '하고'를
흔히 '허구'로 발음하는 것을 들을 수 있다. 이것은 모음상승화 현상으로서
판소리 사설에서도 찾아볼 수 있다.

2.2.1.7. '이'→'우'

(불)피여놓고~(불)푸여노코(심, 174)

멀미ᄒ야~멀무ᄒ야(퇴, 300)　　　비비다~부비다(박, 394)

호미~호무(박, 380)　　　　　부피~부푸(박, 414)

이는 '이'모음이 '우'모음으로 바뀌는 것이니 후설모음화가 된다. 이 후
설모음화는 남부 방언권에 나타나는 현상으로 판소리 사설에도 반영되고
있다.

2.2.1.8. '여'→'에'

벼슬~베슬(심, 222)

뼈~쎼(심, 248)

몇~멧(퇴, 260)

벼루~베루(박, 370)

겨우~게우(퇴, 300)

펴다~페다(퇴, 266)

‘여’→‘에’로의 변화는 중세국어이래 계속적으로 나타나고 있는 전설모음화다.[15] 여기 예들도 이런 경향의 반영이다. 현재에는 충청도, 전라도 방언권에서 이런 변화가 짙게 나타나고 있다.

2.2.2. 첨 가

2.2.2.1. 하강 ㅣ모음 첨가

판소리 사설에는 ‘으’모음에 하강 ‘이’모음을 첨가하여 이중모음 ‘의’로 표기된 형태가 지배적으로 나타난다. 특히 조격조사 ‘으로’의 ‘으’모음은 거의 다 ‘의’로 표기하고 있는 실정이다. 張子伯 唱本 春香歌에서만 이런 표기 예를 몇 조사하여 보면 아래와 같다.

손가락의로(24)

ᄀ구녁셔방의로든이(32)

건너방의로(33)

일역의로

참의로(80)

거름의로(15)

축셕의로(25)

이렇게 조격조사의 제1음절 모음 ‘으’는 ‘의’로 표기하고 있고 처격은 대부분 ‘의게’로 되어 있다. 이런 경향을 ‘의’모음화 현상이라고 명명하고자

---

15) 겨-게, 벼-베, 벼개-베개, 처녀-체네, 며느리-메느리 등.

한다. 이 '의'모음화는 대단히 강하게 작용해서 조격조사 뿐만 아니라 다음
과 같은 어례들에도 나타난다.

· 이를게(云)~일의쎄
  니일의쎄 드러보아라(13)

· 찍으면~찍의면
  겸혼나를 툭 찍의면(22)

· 지으라~지의라
  글을 지의라하엿썬이(23)

· 그림~긔림
  동셔벽붓친 긔림즈셔이살펴본이(27)

　이 '의'모음화 현상을 어떻게 설명해야 할지 의문이다. '으'모음은 音價
가 ɨ인데 동남방언과 일부 서남 방언권에서는 '으' 모음을 제 음가대로 발
음을 하지 못하고 있다. 동남 방언권에서는 '으'모음을 '어[ə]'모음으로 발
음하는 경향이 짙고 '의'모음은 이중모음으로서 음가가 ɨi인데, 이것도 거
의 발음을 하지 못하고 '으'모음으로 바꾸어서 발음하는 경우가 허다하다.
그런데 판소리 사설에서 '으'모음을 이중모음 '의'로 표기하고 있는 점은
기대 밖의 현상이다.

2.2.3. 탈락

2.2.3.1. 하강 ㅣ모음 탈락

앞의 2에서 하강 ㅣ모음 첨가현상을 살펴 보았다. 여기서는 그와 정반대

인 하강 ㅣ모음 탈락현상을 살피기로 하였다. 이 현상도 대단히 강하게 나타나는 바, 하강 ㅣ모음 첨가, 탈락현상은 서로 상반되는 음운현상으로서 공존하고 있는 특이한 현상이다. 그러면 하강 ㅣ모음이 탈락되는 예를 다음에서 살펴 보기로 한다. 예문은 생략하고 어례만 열거하기로 한다.

후여(춘, 1)~후예   도여(춘, 2)~되여
나구(춘, 3)~나귀   차리여(춘, 8)~차례에
뒤여(춘, 6)~뒤예   푸여(춘, 8)~퓌여
교여녹코~괴여놓고(춘, 31)   으부~의부(춘, 33)
박쿠~바퀴(춘, 70)   축시여(춘, 81)~축시예
타인~태인(泰仁)(춘, 95) 쑤여~뛰여(춘, 98)
부여~뷔여(심, 206)   비우~비위(퇴, 252)
허염~헤엄(퇴, 928)   두지~뒤지(박, 378)
아여~아예(박, 436)   원일~웬일(적, 460)
항여나~행여나(적, 496)

　이 외에도 수많은 어례들을 찾아볼 수 있다. 하강 ㅣ모음 탈락은 발음 경제성 원리에 의하여 나타난다고 보겠다. 하강 ㅣ모음이 탈락되면 그만큼 발음하기가 용이하다. 우리가 앞서 살핀 하강 ㅣ모음 첨가는 선행하는 모음이 주로 '으'모음이었던 데 비하여 하강 ㅣ모음 탈락은 위의 어례에서 보는 바와 같이 선행하는 모음이 모든 모음에 걸쳐 다양하게 나타나고 있다.

2.2.4. 중모음화

　판소리 사설에는 單母音化는 드물게 나타난다. '율무→울무(박, 354)'처럼 단모음화하는 경우는 매우 드문 데 비하여 重母音化는 상당히 강하게 나타난다. 아래에 예시하여 보겠다.

2.2.4.1. 한자어

군슈(춘, 1)~군수
그산여슈(춘, 2)~기산영수
당모슈(춘, 4)~당모시
슈제(춘, 30)~수저
슈(퇴, 294)~수

제슈(춘, 1)~제수
신슈(춘, 4)~신수
훈슈(춘, 27)~훈수
죄(심, 158)~죄

2.2.4.2. 고유어

슐(춘, 5)~술
잡슐(춘, 5)~잡술
슘을(춘, 7)~숨을
갈슈(춘, 10)~갈수
무슨(춘,)~무슨
줄기(퇴, 288)~줄기

쥬어라(춘, 5)~주어라
숩속(춘, 7)~숲속
맵슈(춘, 10)~맵시
슝이(춘, 15)~송이
쥭어(춘, 34)~죽어
숀(퇴, 294)~손

중모음화로 되는 모음은 주로 상승모음으로 되어 있고, 이런 중모음에 선행하는 자음은 ㅅ·ㅈ과 같은 치음에 해당하는 것들이다. 이런 치자음 다음에 상승 모음이 연결된다는 것은 우리 국어의 치음이 치간음이 아니라 치경음임을 입증한다고 보겠다.

2.2.5. 움라우트

국어의 움라우트(umlaut)는 후설모음이 전설모음 /i, j/에 의하여 전설모음으로 바뀌는 역행동화 현상이다. 따라서 움라우트의 일반적인 실현은 단모음체계상 전후설 대립을 전제로 한다. 즉, 후설모음 'ㆍ, ㅏ, ㅓ, ㅗ, ㅜ, ㅡ'가 각각 전설모음 'ㅣ, ㅐ, ㅔ, ㅚ, ㅟ, ㅢ'로 바뀌게 된다.

통시적으로 국어의 움라우트 출현은 18세기 후반 이후로 추정하고 있다.[16] 판소리 사설은 이 시기로부터 약 100여 년이 경과된 후에 이루어졌으니 움라우트 현상이 짙게 나타나는 것은 당연하다. 아래에 구체적 사례들을 얼마간 열거하여 보겠다.

2.2.5.1. 'ᄋ'움라우트와 '의'

틱~턱(문, 7)	지약~작약(춘, 25)
지필~자필(춘, 27)	방이~방아(춘, 35)
가미~가마(춘, 51)	씽교~쌍교(춘, 51)
닉양~낙양(춘, 52)	청피역~청파역(춘, 58)
깅변~강변(춘, 63)	딩혜~당혜(춘, 65)
시양~사양(춘, 84)	직별~작별(춘, 108)
치비~차비(박, 430)	

2.2.5.2. '아'움라우트와 '애'

행기~향기(춘, 6)	홰~화(춘, 8)

이 시기는 'ᆞ'와 'ᅡ'가 별개 음운으로 존재하지 않은 시기로 표기의 혼란을 보여 주고 있다. 단지 문자의 보수화에 따라 'ᅡ'보다 'ᆞ'를 더 많이 쓰고 있다.

2.2.5.3. '어'움라우트와 '에'

쎄~뼈(춘, 4)	베실~벼슬(춘, 46)
베기~벼개(춘, 50)	졍체~졍처(춘, 61)

---

16) 김완진(1971) 참조.

엑쩨~어깨(춘, 88)　　　　　벳긔랴~벗기려(춘, 38)
케고~켜고(춘, 111)
졔리김치~저리김치(춘, 174)

2.2.5.4. '오'움라우트와 '외'

뇌~노(櫓)(춘, 42)　　　　　신푀~신표(信標)(춘, 54)
진퇴~진토(塵土)(춘, 54)　　　퇵기~토끼(퇴, 268)
쇠기랴고~속이려고(춘, 39)　　욍겨~옮겨(퇴, 276)
뇍이랴는야~녹이려느냐(춘, 48)

2.2.5.5. '우'움라우트와 '위'

귀경~구경(춘, 42)　　　　　귀중심처~구중심처(춘, 53)
뒤견화~두견화(춘, 82)　　　튀긔~투기(춘, 91)
뉘비질~누비질(춘, 156)　　　취이면~추으면(춘, 14)

2.2.5.6. '으'움라우트와 '의'

듸리다~드리다(춘, 54)

2.2.6. 원순모음화

통시적으로 원순모음화는 순음아래 '_'모음이 'ㅜ, ㅗ'모음으로 바뀌는 현상으로서 '믈>물, 블>불, 플>풀'과 같은 것이 대표적이다. 그리고 'ㆍ' 모음이 'ㅗ'모음으로 바뀌는 경우도 있지만 이것은 앞의 것에 비하면 방언에 따라 제한적이라고 할 수 있다.[17]

------

17) 프리>포리, 풀>폴, 블>볼, 믈>몰, ㅁ술>모실.

그런데 판소리 사설에 보이는 '베(布)~뵈(변, 572), 남의~나무(퇴, 284)'
와 같은 예는 원순모음화가 강하게 나타나고 있음을 증거한다.

2.2.7. 활음조

판소리 사설에는 활음조(glide) 현상도 강하게 나타나고 있다. 다음의 예
들을 보자.

    뷘 방안의~빈 방안에(심, 168)
    모와 드러~모아 드러(심, 168)
    노와~놓아(심, 168)
    워이가리~어이가리(심, 170)
    조와라~좋아라(심, 180)

의문사 '어이'의 glide화 '워이'는 일반적인 것은 아니고 방언적 색채가
짙다. 일부 충남지역 방언에서는 의문사가 glide화하는 특이한 현상이 있다.
'어떻게~워트게(워티기), 얼마나~월마나, 어찌~워째(서), 어쩌다가~워
쩌다가' 등이 이런 예들인데, 판소리 사설에 나타난 '워이'도 이 영향의 결
과라고 생각된다.

3. 결 어

이제까지 살펴본 내용을 요약하면 다음과 같다. 판소리 사설에는 중세국
어 음운현상의 잔영이 많이 보이며 서남방언 색채가 짙다.
음의 첨가로는 ㄱ 첨가는 중세국어에는 보이지 않던 이 시기의 현상이 아
닌가 한다. ㄴ 첨가는 이 시기에 와서 그리 활발하지 못하였다고 생각된다.

음의 탈락의 유형으로는 ㄴ, ㄹ 탈락을 찾아 볼 수 있는데 주로 한자어에 많이 나타난다.

동일한 단어나 어절 속에 같은 음이 증가하는 음으로는 ㄱ, ㄴ, ㄹ, ㅁ, ㅅ 과 같은 것들이 있는데, 이들 중가현상은 판소리를 길게 영창함에 기인하는 것으로 생각된다.

판소리 사설에 나타나는 두드러진 현상의 하나로 上音節末音化를 들 수 있다. 이는 중세국어 당시 連綴과는 정반대 되는 것으로 이것도 판소리 창에 기인하는 것으로 본다.

자음접변은 현대어와 비교하여 별 다름이 없으나 그 정도는 더욱 강하게 나타날 것으로 본다.

현대어 발음경향은 강음화 추세인데, 판소리 사설에는 강음화에 반작용으로 연음화도 발견된다. 현대어 구개음화는 ㄷ→ㅈ, ㅌ→ㅊ 구개음화가 주가 되고 있는데, 판소리 사설에서는 ㄱ→ㅈ 구개음화가 지배적이고, ㅎ→ㅅ 구개음화도 간혹 산견된다. 그리고 구개음화의 역기능도 보이는 것은 특이하다.

어간 재구조화는 현대어와 비교하여 별 차이가 없다. 모음교체는 다양하게 나타나지마는 '으'→'이' 교체가 지배적이다.

판소리 사설에 나타난 모음변화의 두드러진 경향은 하강 ㅣ모음 첨가, 탈락 현상인데, 이 두 현상은 상반된 음운 현상으로 거의 동일한 세력으로 共存하고 있음이 특이하다.

ㅅ, ㅈ 과 같은 치음화에 중모음 표기가 많은 것은 중세 표기의 잔영인가 한다.

움라우트는 모든 후설모음(ㆍ, ㅏ, ㅓ, ㅗ, ㅜ, ㅡ)에 걸쳐 짙게 나타나고 있는데, 이것은 통시적으로 움라우트의 진원지가 서남지역 방언이었던 데 기인한다.

원순모음화와 활음조 현상도 짙게 나타나고 있다.

〈부 록〉

판소리 사설에 나타난 서남방언

쯔렁이~거지(박, 344)
중동~물건의 가운데 도막(박, 410)
진가리~밀가루(박, 344)
드난ᄒ다~고용살이하다(박, 410)
공알탑인?
셜금츤~힘세고 무섭게 생긴(박, 410)

궁구~구멍(박, 346)　　　　올빼~올가미(박, 410)
구녁~구멍(박, 346)　　　　마즛대~말뚝(박, 412)
대광이~대강이(박, 346)　　쌋돈~푼돈(박, 412)
오중치~오쟁이(짚섬)(박, 248)　나무베눌~나뭇가리(박, 414)
셜금츤~끔직스러운(박, 248)　발심~발름(볼록)(박, 414)
시아지~시아주버니(박, 348)　뉘티~뉘것(박, 414)
혈마~설마(박, 350)　　　　쩨방~멜빵(박, 418)
무투~나무(박, 350)　　　　좃치보~김치그릇(박, 420)
버슬다~벌다(박, 350)　　　하님~계집하인(박, 424)
홀치~청올치(박, 354)　　　울력군~여러일꾼(박, 424)
쇼록이~쏘쩍새(박, 356)
고방머리~길게 딴 머리(박, 424)
죠구~조기(박, 358)　　　　벅궁시~뻐국새(박, 426)
진도기~진드기(박, 368)　　천도머리~사양머리(박, 428)
밍간이~소경(박, 368)　　　돔방치마~동강치마(박, 428)

건기~건건이(박, 368)

그란ᄒ면~그렇지 않으면(박, 430)

씨써우~거위(박, 372)

춤~침(박, 378)

빅회~배코(박, 430. 머리깎음)

담부~담배(박, 378)

쇠쇼들앙~쇠소댕(박, 30)

살웅발~살강발(박, 38)

부지땅~부지깽이(박, 380)

먹다리~먹서리(박, 380)

되방정~심히 방정맞은 사람(박, 432)

뉘역~도롱이(박, 380)

접스리~접사리(박, 380. 밀집우장)

송치~송아지(적, 462)

살부~살포(박, 380. 긴자루 삽)

수랑~수렁(적, 466)

병치~벙거지(박, 410)

돌것~돌껏(박, 380. 실을 감고 푸는 제구)

씨아시~씨아(박, 380)

방츄~방망이(박, 380)

보듸~바디(박, 380)

승토~상투(박, 380)

자마리~잠자리(박, 384)

소시~물새(박, 384)

튀다~죽다(변, 532) : 열여섯에 어든 셔방 당챵병에 튀고…

쎄비~삘기(박, 386)

일치아니줍쥐것나~일치감치 잡되겠나(잘되지 않겠는가)(박, 404)

펴고~죽다(변, 532) : 열일곱에 어든 셔방 용천병에 폐고…

건짐~거진(거의)(박, 408)

식다~죽다(변, 532) : 열여듧에 어든 셔방 베락 마저 식고…

쎅쓰러라~빼앗아라(박, 430)

담벙거지~털벙거지(박, 432)

아짐만임~아주머님(박, 432)

꼬장이~꼬챙이(박, 432)

도리판~두리반(박, 432)

귀뜰~구들(박, 438)

홀티~벼홅이(박, 380)

명싱이~염소(적, 486)

아리쉬~삼발이(적, 490)

지치음~재채기(적, 490)

바우다~방위하다(적, 508)

지널키계~기절하지(적, 508)

시셕업펴~시시해서(적, 520)

쥼치~주머니(박, 408)

거드모리~옷을 걷고 하는 성교(변, 532)

새호루리~새처럼 얼른 하는 성교(변, 532)

자지가나희~노련하게 노는 계집(변, 534)

홀임목~애교띤 목소리(변, 534)　　곤의~고누(놀이)(변, 542)

한소금~한숨(잠)(변, 550)　　독치~도끼(변, 552)

셕서기~삼(눈병. 변, 560)　　아구데~아귀(변, 570)

농장~송장(변, 570)　　입슈알~입술(변, 588)

기약고~가얏고(변, 588)　　이드럼~여드름(변, 588)

소약~쐐기(젼, 588)　　(산)마로~마루(변, 590)

셰치~혀(변, 592)　　쩌다~들고 달아나다(변, 594)

뉘티~뉘것(박, 414)　　박죽~바가지(변, 602)

몰쏙ᄒ게~보기싫게(변, 612)

그냥 잠을 산쓰겠소그려(판소리 명창 임방울, 현대문학, 1986, p.302)~기절
　　을 하시겠소그려(전라도 사투리)

쌀개맞아 죽게야?(임방울, p.302)　　　　~몰매맞아 죽으란말이냐?

제Ⅵ장 신소설어휘연구

Ⅰ. 서 언

개화기란 19세기 말경부터 20세기초에 걸친 시기로 좀더 구체적으로 말하면 1890년대로부터 1910년 국망시까지의 기간이 되겠다. 국문학사에서 이 시기를 개화기문학기라 이르고 국어사에서는 근대국어로부터 현대국어로 넘어오는 시기가 된다. 이 시기의 국어 모습을 어휘 의미적 측면에서 살펴보려는 것이 본고의 목적이다.

개화기 문학의 주류를 이룬 작품은 소위 "신소설"이라 일컬어지는 작품들인데, 그 종류는 대략 150여 종에 달하는 것으로 보고 있다. 이 중 약 40여 편은 1978년도에 아세아문화사에서 한국개화기문학총서(10권)로 편찬된 바 있는데, 본고는 이들 작품을 중심으로 개화기의 어휘의 모습을 고찰하려 한다.

개화기는 지금으로부터 불과 80~90년 전의 시기이지만 이 시기의 우리 언어의 모습은 오늘과 상당한 차이를 보여주고 있다. 특히 생소한 고유어

어휘들이 많이 발견된다. 이 생소한 어휘들은 현재 일부 노년층이나 또는 일부 지역적 방언 색채를 띠면서 사용되기도 하나 대부분 사전에 등재되어 있을 뿐 현실적으로 사용되지 않고 있어 불원간 소멸될 처지에 놓여 있다.

개화기의 어휘의 종류는 고유어, 한자어, 외래어로 세 갈래로 나누어 볼 수 있다. 고유어는 그 당시 우리의 생활 감정을 적실하게 나타내고 있는 어휘들로서 그 중 일부는 오늘에 되살려 쓰도록 노력한다면 그만큼 우리의 언어 표현이 보다 풍부해지리라고 생각된다. 본고는 사라져가는 이들 고유어를 중심으로 그 의미와 사용례를 더듬어 보았다.

이 시기에는 한자어휘도 상당수 있는데, 그 중에는 전대로부터 사용되던 것들도 있지만[1] 대부분 이 시기에 신조된 한자어들인 바, 이 신조어들은 외래사상과 산물의 명명을 위하여 지어진 것들이 대부분이다.[2]

개화기는 일본, 중국 특히 구미로부터 신사상, 신문물이 밀려 들어오는 시기이므로 자연 외래어도 많이 나타나게 되었는데, 대부분 구미어 계통이고 일부 일본어 계통도 있다.[3] 외래어 표기는 국문표기와 한자표기로 구분된다.

그러면 현대어에서 사용되지 않는다고 간주되는 어휘들을 아래에 열거하면서 설명과 용례들을 들어보기로 하겠다.

---

1) 전대로부터 사용되어온 한자들은 다음과 같은 것들이다. 安詳(모병), 煩腦(모화), 爲不(모화), 至窮(모화), 何嘗(쌍), 步撥(죽), 取貸(죽) 등.
2) 이 시기에 신조된 한자어들을 몇 들어 본다. 鐵丸, 西洋鐵,(혈), 紙卷燃, 巡布幕(귀상) 등.
3) 구미어 계통의 예로 '호텔, 뽀이, 포케트(혈), 아멘, 가방, 뻬스볼(치)'들을 찾아볼 수 있고, 일본어 계통으로는 '쓰메에리(치상)'와 같은 것을 볼 수가 있다.

2. 어휘 의미

◦ 눈쑬맞다–눈총맞다. 방언이다.
   –눈쑬맛고ㅈ라는쑬인디 (혈23)

◦ 죠졉들다–기를 펴지 못하고 시들다. 현대어에서는 '주접이 들다'
   로 여러 가지 이유로 생물체가 쇠하여 지는 상태. 또는 몸치레가
   추해지거나 궁색한 기운이 돌다의 뜻으로 쓰인다.
   –계모의눈쑬을마저셔죠졉이들던모양 (혈25)

◦ 덕격하고–덕적덕적인 듯. 먼지, 때 따위가 두껍게 붙어 있는 모양.
   –눈룸이비쥭ㅎ고쥬졉이덕격하고 (혈34)

◦ 됴러가다–들어가다의 뜻인 듯?
   –이칭삼칭집이구름속에됴러ㄷ듯ㅎ고 (혈37)

◦ 몟치다–떼치다의 뜻.[4]
   –참아몟치기도어려운마음이생긴다. (혈46)

◦ 조왓원슈–?
   –에그조왓원슈것이무슨연분이잇어서 (혈47)

◦ 슛졉다–순박하고 진실하다.
   –슛졉케너도눌더러히라하여라. (혈72)

◦ 긔구잇다–위엄있다?
   –고려장갓치긔구잇게장ㅅ를지닐슈가잇스리오. (혈78)

◦ 실체(톄)–체신을 잃은 것.
   –어–실체하엿구나. (혈84)

◦ 부등거리–오지그릇이나 질그릇으로 만들어 부삽 대신 쓰는 그릇.
   –질부등거리째어지는소리갓한 (혈89)

◦ 포달–암상이 나서 악을 쓰고 함부로 대드는 일.
   –마누라의포달은졔풀에주러저셔 (귀상8)
   –포달을퓌이게ㅎ드야, (빈12)
   –리일은금갑도를 갈지라도 포달을나오는디로 부릴것이지마는,
   (산64)

---

4) 심 훈 <상록수>에도 "그 중에도 건배의 아낙은 눈물을 흘려가며 붙잡아서
   차마 떼치고 일어설 수가 없었다"와 같이 그 용례가 보인다.

◦방통이-새를 잡을 때 쓰는 작은 화살(금). 방틍이-비어로 '바보'
  (희)라 하였다. 아래 예문에는 (희)의 풀이가 타당하여 보인다.
  -의사는방통이갓한스람이라 (귀상12)
◦질긔-窒氣인 듯. 숨이 통하지 않아 숨이 막힘. '질기하다'.
  -질긔를ᄒ야소리를지르며 (귀상18)
◦밝다-현대어에서 '밝다'의 의미는 明인데, 아래와 같은 신소설 예
  문에서는 단순히 그런 뜻으로만 쓰인 것 같지 않다. 문맥으로 보
  아 '밝게 만들다' 정도로 해석된다.
  -길슌이는,힝장을치린다치린다하면서경대의먼지ᄒᄂᆞ밝지못ᄒ고
  그날히가졋더라. (귀상14)
◦사긔-私記. 개인의 사사로운 기록이 아닌지?
  -다리고가지못홀사긔가잇으니, (귀상16)
◦집쥬름-집 흥정을 붙이는 일을 업으로 하는 사람.
  -오날로곳집쥬름이나불러셔조고마흔짐이나사게ᄒ고, (귀상21)
◦입무락-? 입술이 아닌지?
  -니가그년지의입무락좀보고십다. (귀상25)
◦셋봇치-셋-붙이? 散餠의 한 가지. 물을 들인 개피떡 세 개를 붙여
  만든 떡. 三付餠.
  -샛봇치기피쩍가치붓터잇슬터일세. (귀상34)
◦엉너리-남의 환심을 사려고 어벌쩡하게 서두르는 짓.
  -엉너리만치다가, (귀상58)
◦휜드거리다-회똑거리다일 듯. 넘어질 듯이 이리저리 흔들리다.
  -팔장을씨고휜드거리고오ᄂ쌍에로드러오더니, (귀상77)
◦버력-하늘이나 신령이 사람을 징계한다고 내리는 벌. 벌혁.
  -버력을입을거시다. (귀상117)
  -무스벌혁으로살을맛진게야. (산82)
◦취졸-치졸(稚拙)일 것이다.
  -네취졸만드러ᄂ고, (귀상124)
◦한가하다-(恨-). '제 잘못인 것을 누굴 한가하랴'와 같이 쓰인다.
  -죽어도한가할거시업쇼마ᄂᆞ, (귀상124)
◦자슈하다-(自水-). 자기 스스로 물에 빠져 죽다.
  -어린자식을두고자슈를하러드럿슬가 (귀상132)
◦박낭자-?

-박낭자철퇴소리에놀란진시왕ㅅ치, (133)

◦수통하다-(羞痛-). 부끄럽고 분하다.

-침모난졔풀에수통흔마음쑨이라 (135)

◦~ㄴ 섬에--~ㄴ 김에?

-츈천집을죽이난섬에ㄴㅆ지죽이러드럿더냐. (귀상138)

◦표차롭다-(表--). 여럿 중에서 두드러지게 나타나 겉보기가 번듯하
다.

-가면표차롭게갈일이지왜ㄷ라ㄴㄷ 몰이냐 (귀하15)

◦통퉁징-퉁퉁징. 일이 뜻대로 되지 않아 갑갑히 여기며 골을 내는
증세.

-혼자통퉁징이나셔밋친ㅅ람갓치, (귀하15)

◦다쥬치다-다좇치다. ◦쩍국이농근흐다-?

-홍씸에김승지를다쥬치나김승지난제싼에쩍국이농근흐야ㄴ오는
몰이라마누라혼ㅈ만츈천집의힝실그른줄을안드시, ◦◦◦◦ㄴㄴ먼
져아랏셔◦◦◦◦(귀하21)

◦존쟝하래비-尊長? '존쟝하래비'는 존장보다 더 높다는 말인데 여
기서는 매우 근력이 좋다는 표현을 한 것이라고 본다. 속된 말이
라고 생각한다.

-강동지의늬외ㄴ여ㄴ절문것들보다존쟝하래비치게근력조흔사롬
이라, (귀하42)

◦구긔흐다-구기(口氣-). '말씨'의 뜻이므로 '구긔흐다'는 '말하다'의
뜻이겠다.

-그부인의치마쏘리엽헤셔구긔ㅎㄴ것만보고, (귀하54)

◦사희골-사퇴골?

-두어길이ㄴ되ㄴ사희골에쑥쩌러졋더라. (귀하54)

◦흐등을맛다-下等-. 벼슬아치가 도목정사(都目政事)에 하등의 성적
을 맞다.

-좌슈의죄의원ㅅ지흐등을맛듯, (빈2)

◦아우라지다-'아우러지다'. 여럿이 한 덩어리나 한 동아리를 이루
게 되다. 여기서는 셋방이 한데 다닥 다닥 붙어 있는 것을 이렇게
표현한 것 같다.

-우리아씨ㄴ이아우라진셋집으로늬쪼츠시고, (빈6)

◦들큰들큰흐다(거리다)-불쾌한 말로 남의 비위를 거슬려 성가시게

굴다.

－복단어머니는공연히남을볼젹마다들큰들큰ᄒ네. (빈11)

◦좀톄계집－보통계집. 여간한 계집의 뜻. 현대어에는 '좀체말, 좀체 것'처럼 '여간한' 뜻으로 '좀체'가 쓰이고 있다.

－좀톄계집갓ᄒ면캄캄한칠야으슥한골목에서, (빈14)

◦디살－代殺로 살인한 사람을 死刑에 처한다는 뜻이겠다. 이 소설에서는 평양집이 핍박받고 궁지에 몰리는 형편을 묘사한 것 같다.

◦젼즁이－'젼즁이'는 속어로 징역군(懲役軍)을 뜻한다.

－지금세월에디살은업지만젼즁이는될걸. (빈17)

◦드틈젼－지난날 옷감 피륙을 팔던 가게를 말함.

－드틈젼을버리랴나, (빈18)

◦지다위ᄒ다－남에게 등을 대고 의지하거나 떼를 씀.

－졔가져쌔져죽은걸뉘게지다위홀가. (빈21)

◦무류ᄒ다－행동을 멈칫하다. '물으쳥ᄒ다'와 같은 말로 '무르츰하다'의 뜻인 듯하다.

－들어오는ᄉ롬이무류히셔셔습는디답으로, (빈29)

－깜짝놀나 물으쳥ᄒ엿다가, (모화4-321)

◦싱작이－종이나 피륙 따위의 상한 곳을 뜻하는데 현대어에는 '생재기가 미다'와 같이 쓰인다. 그러나 여기서의 뜻은 '아무 근거없이' 정도의 뜻으로 부정을 나타내는 말과 호응을 보인다.

－싱작이로복단네를불으다가됴치안이혼말이나도록들큰더여, (빈39)

◦쥭젹깅이질－?

－밤을사자고시작을히가지고쥭젹깅이질을히버렷지, (빈42)

◦기올이다－개목을 옭아매다? 여기서는 심하게 나무란다는 뜻인 듯하다.

－쉰네를기올이지나말으시오. (빈44)

◦버커리－늙고 병들거나 고생살이로 살이 빠지고 쭈그러진 안늙은 이를 낮추어 이르는 말.

－나갓혼버커리장모를 일부러ᄎ즈올리치는업는디, (빈50)

◦도셥스럽다－주책없이 수선스럽게 변덕을 부리다.

－에그도셥스러워라, (빈51)

－－식시잇는방에를쩌나지안이ᄒ고그리도셥스럽게구나. (치하71)

◦시스럽다-스스럽다. 서로 사귀는 정분이 그리 두텁지 않아 조심
　하는 마음이 많다.
－졍말시스러운안손님이잇스닛가그리힛지. (빈53)
◦용구쑤리-지나치게 담배를 많이 피우는 사람을 농으로 이르는
　말.
　－본리권연먹기로논용구쑤리라고별명을듯논아히라. (빈54)
◦졍구지역-井臼之役. 물을 긷고 절구질하는 일. 여기서는 어떤 어
　려운 일이라도 다 하겠다는 뜻이겠다.
　－손목을이끌고졍구지역을홀지라도, (빈84)
◦노구질-뚜쟁이. 노구장이는 뚜쟁이하는 늙은 할미.
　－장안계집을쌍그리노구질을ᄒ다못히셔, (빈91)
◦하님-여자종을 대접하여 부르거나 또는 여자종들이 서로 높여 부
　르는 말.
　－그덕하님에금분이라고잇지오. (빈100)
◦사풍-邪風. 경솔한 언행. 사풍맞다, 사풍스럽다 등으로 쓰임.
　－사풍그만부리고이약이나ᄒ여라, (빈106)
◦어리치다-'어리석고 미치다'는 뜻인 듯하다.
　－쳔귀잠잠만귀잠잠ᄒ야어리친기싁기도너아다보지안으니,　　(빈
　115)
◦홀림홀림-돈이나 물건을 조금씩 여러번에 나누어 주고 받는 모
　양. 써버리는 모양.
　－본리이집에남녀하인이들셕들셕ᄒ더니셔판셔도라간후로홀림홀
　림나아가고, (빈115)
◦밋덩이-'매+덩이'의 복합어인 듯하다. '매'는 한 묶음, 한 매끼를
　나타내는 말로서 현대어에 맷담배, 맷국, 맷고기처럼 쓰인다. '덩
　이'는 흙덩이, 메줏덩이 등에서 그 쓰임을 찾아볼 수 있다. 그러니
　여기 '맷덩이'의 뜻은 '한덩어리'라는 의미로 보여진다. 앞뒤 문맥
　으로 볼 때 이는 사악한 화순집이 평양집을 奸婦로 몰아 욕을 하
　는 장면이므로 서방질을 하는 평양집과 같은 여편네들은 한덩어
　리로 모두다 제 티를 낸다는 말을 하고 있다.
　－한밋덩이로계티를홉니다. (빈120)
◦허방지방-허둥지둥
　－허방지방지향업시 (빈125)

○ 길목-길목 버선이나 감발의 뜻.
  -그런집에드러갈째에길목이나싸이고시보션이나가라신고, (치상
  63)
○ 느러니-나란히의 뜻. 옛말은 '느런히'다.
  -그부인박씨와느러니안져셔, (치상73)
○ 인역-이녁. 하오 할 사람을 마주 대하여 좀 낫게 부르는 말.
  -모르깃소 인역 마음디로 ㅎ구려. (치상95)
○ 초사-?
  -계집을 초사도 못밧고, (치상60)
○ 다좃치다-다조지다. 다급하게 재촉하다.
  -다좃쳐 뭇더니, (치상75)
○ 얼내-얼레.
  -팔모얼내에 연줄감기듯, (치하1)
○ 돌구녕안-돌구멍안. 속어로서 돌로 쌓은 성문 안이란 뜻. 서울 장
  안.
  -장안돌구녕안의, (치하1)
○ 두겁가다-으뜸가다. '두겁'은 가늘고 길게 생긴 물건의 끝에 씌우
  는 물건임. '두겁조상'은 속어로 (거갑가다) 中始祖를 말한다.
  -데일두겁가는 집도큼직ㅎ고, (치하1)
  -츙쳥돈니에 두겁가는지산가가 되얏더라. (현13)
  -보은일경에거갑가는지산가가되얏더라. (현13)
○ 셰우-매우. 중세국어의 잔영이다.[5]
  -구ㅅ 도셰우ㅎ고 경도심히 넑는 것은, (치하2)
○ 진동한동-썩 다급하거나 바빠서 분주히 허둥거리며 서두르는 모
  양.
  -진동한동 드러오다가, (치하7)
○ 긔두망이 없다-아무 소식, 기척이 없다는 뜻.
  -긔두망이업는지라, (치하16)
○ 녹으메-노구메. 산천의 신령에게 치성드리기 위하여 노구솥에 지
  은 메. 노구메 정성.
  -호랑이나 맛나면 엇지함닛가 졀이잇거든 졀을 차져가셔 불공이

---

5) 셰우 決斷홀시라. (원각上之二, 96).

나ㅎ고, 마님게는 녹으메를 ㅎ얏다ㅎ십시다. (치하18)
◦ 겸두겸두-겸사겸사.
　-겸두겸두ㅎ야, (치하77)
　-겸두겸두이지즁지ㅎ기를장즁보옥갓치ㅎᄂ듸, (현86)
◦ 사위스럽다-미신적으로 어쩐지 불길하고 마음에 꺼림직하다.
　-그게 무슨 사위스러운소리요. (치하84)
◦ 슈삽ㅎ다-수삽(羞澁)스럽다. 부끄러워 몸 둘 바를 모르고 머뭇거
　리는 태도가 있다.
　-슈삽흔말로디답ㅎ되, (설5)
　-미션이 슈삽흔 얼골을 강잉히들어 디답ㅎ되, (설75)
◦ 경션히-經先, 輕先. 가볍게 앞질러 하는 성질이 있다.
　-경션히타쳐로 언약을옴기지, (설5)
◦ ～ᄂ다-중세국어의 의문종지형.6)
　-무엇이라ㅎ엿던지 싱각ㅎᄂ다. (설29)
◦ 보두리-?
　-디뎨 이셰샹에 허유(許由)갓치 표조복만 거러놋코욕심업시사ᄂ
　사롬은 보두리잇다더라. (은2)
◦ 열-끠-열기. 눈동자에 드러나는 정신의 담찬 기운.
　-열-끠업시쇠겨 넝길터이라. (은13)
◦ 붕셕붐이-'붕셕+붐이'의 합성어로 방석크기 만한 논배미를 의미
　한다.
　-셔-마지기 붕셕붐이 산골논으로ᄂ 졔법크다. (은40)
◦ 과굴지의-瓜葛之義. 오이와 츩은 다 같이 넝쿨로 자라는 풀이란
　뜻으로 일가친척을 가리킨다.
　-과굴지의도 업ᄂ 김가최가라. (은94)
◦ 시쟝시럽다-시들하다.
　-에그 시쟝시러워라. (홍상3)
◦ 소료-?
　-여간소료에 틀리드리도, (홍상11)
◦ 징그럽다-보거나 만지기에 마음이 간지러울 정도로 깜직하고 보

---

6) '～ᄂ다'형 이외도 <신소설>에 자주 보이는 ～이로다, ～노라, ～하엿나뇨,
　～하니라, 굴아대 등과 같은 표현은 모두 중세국어의 잔영이다.

기에 흉하다.

　　－흔히두히커ㄱ는것만 징그럽게 역이시기는, (홍상16)

◦ 즈겁－自怯. 제풀에 겁을 냄.

　　－싹쇠도 즈겁이 더럭나셔, (홍상26)

　　－죄지은자의즈겁만은 것은 사셰에면치못홀일이라. (황97)

◦ 고긔－顧忌. 뒷일을 염려하고 꺼리다.

　　－이것뎌것 고긔홀 것잇나-ᄒ고, (홍상45)

　　－스님끠셔 긴급ᄒ신일이 잇거든 아모고긔말으시고 몃가지던지
　　ᄆᆞᆷ더로 너여팔아 쓰시옵소셔. (화72)

◦ 오괴ᄒ다－迂怪. 사리에 어둡고 괴벽하다.

　　－셰를 모로고 오괴흔 소견으로, (홍상45)

◦ 포셔－布緖? 일이 벌여 나갈 단서.

　　－누어잘 포셔로 드로온졋더니, (홍상49)

◦ 흥화죠산ᄒ다－興訛做言山. 있는 말 없는 말 꾸며대어 남을 비방
　하다.

　　－이일은흥화죠산흔놈이분명잇는듸, (홍상53)

　　－네놈의흉계를 흥와죠산흔것이니, (홍하105)

◦ 쥬리－주리. 周牢. 죄인을 심문할 때 두 발목을 한데 묶고 다리 사
　이에 주릿대를 끼워서 엇비슷이 비트는 형벌.

　　－당쟝 쥬리라도 몃고븨를 틀어, (홍상54)

◦ 비나리를 치다－아첨해서 환심을 사다.

　　－달닉고비나리칠것도당쟝경무쳥으로, (홍상55)

◦ 구축－踞蹐. 마음에 황송하여 몸을 굽힘. ◦ 헌앙ᄒ다－軒昻. 軒擧.
　풍채가 좋고 의기가 당당하며 너그러워 인색하지 않음.

　　－그사름이 죠곰도 국축지은이ᄒ고 헌앙흔 긔식으로, 절절히 변명
　　ᄒ야, (56)

◦ 우물고누－가장 좋은 대책. 한 가지 방법밖에 달리 변통한 재주는
　없음을 말한다. 우물고누 놀이는 첫 수를 먼저 두는 편이 이기게
　되어 있다.

　　－누구던지 혼인을ᄒ자면 우물고누쳣슈로 그집범졀을 저저히 탐
　　지ᄒ는고로, (홍상57)

◦ 으밀아밀－남이 모르게 비밀히 이야기하는 모양.

　　－벌셔알르시고무르시는듸 으밀아밀홀것 무엇잇소. (홍하21)

∘오활히-迂闊. 사리에 어둡고 덩둘함. 주의가 부족함.
　-그러타고 마음의 오활히먹지말고, (홍하25)
∘물뎨셜데-물러갈 데 서있을 데?
　-물뎨셜데다알고, (홍하26)
∘안사업시-?
　-죠곰도 안사업시쑤짓는다. (홍하28)
∘시난고난-시름시름
　-시난고난 병이깊어갑니다. (홍하102)
∘히거-駭擧. 해괴한 일.
　-이것이웬히거인가. (홍하114)
∘반구뷔, 반귀비-사전적 해석으로는 쏜 화살이 적당한 높이로 날
　아가는 것을 말하나 여기서는 그런 뜻으로는 볼 수 없다. 문맥으
　로 보아 '능력 혹은 역할이 반 정도밖에 안 된다'는 뜻이라 여겨진
　다.
　-셰계 문명국 사롬들은 남녀의 학문과 기예가 츠등이업고 녀즈가
　남즈보다 히산ᄒ는지죠 한 가지가 더ᄒ다ᄒ며 혹 젼징이 잇서 남
　즈가 다죽어도겨오 반구뷔라ᄒ니 그 녀즈의 창법 검슐까지 통투
　홈을 가히 알겟도다. (자4)
∘줏들다-줏다+들다. 주어듣다로 해석된다.
　-진리는 모로고 줏들은 풀월갓치짓거리면서, (자16)
∘좨쥬찬션-祭酒贊善. 좨쥬는 조선시대 성균관의 종삼품 벼슬. 찬
　션은 조선시대까지 시강원의 정삼품 벼슬. 현직관리가 아니더라도
　천거되어 직책을 맡을 수가 있음.
　-좨쥬찬션으로초션이나되면, (자16)
∘고라니-어리석고 고집센 시골사람을 얕잡아 이르는 말.
　-시골고라니 사회는 더구나 장관이지. (자17)
∘얼쩍지근ᄒ다-살이 얼얼하게 아프다.
　-따귀마진것갓히셔 다만 얼쩍지근홀쑨이다. (모병1)
∘불다-불부다. '부럽다'의 방언이다.
　-남에즈식불지안이ᄒ게, (모병4)
∘안상ᄒ다-安詳. 성질이 찬찬하고 자세하다.
　-안상ᄒ턴도와영롱ᄒ지각이며, (모병59)
∘벗바리-뒷배를 보아주는 사람.

－원리감리가 벗바리 셰력이 엇지 됴흔지, (모병77)

∘번노－煩惱. ‘번뇌’의 원말. 마음이 시달려서 괴로움.

－네도 좀이 번노혓세요. (모화4-254)

∘학치－‘정강이’를 속되게 이르는 말. ∘되슌라줍다－‘되술래잡다’
인 듯. 잘못을 빌어야할 사람이 도리어 남을 나무란다는 뜻이겠다.

－학치를 펄놈갓흐니 제가정녕히 쒸니고 엇지면 그리쎈쎈ᄒ게 되
슌라를줍나.ᄌ식일코 되슌라줍힌 방가는, (모화4-291)

∘여득만금－如得萬金.

－가슴에 손을 너허보더니 여득만금만여겨 안아다 방아르목에누
이고, (모화4-322)

∘위불업다－爲不. 틀림이나 의심이 없다.

－위불업는의쥬집이라. (모화4-332)

－명훈이가이제는 위불업겟다고싱각ᄒ고, (죽15)

∘싱금ᄒ다－? 다음 예문에서 리참판이 화가 난 표정을 묘사하고 있
으니 ‘싱긋하다’로 보기도 어렵다.

－홀연눈이싱금ᄒ여지며 기침을 흔번컥ᄒ더니, (모화4-370)

∘신지무의－信之無疑. 꼭 믿어 의심치 않음.

－돌놈이 신지무의ᄒ고 방가를 싸러졈졈무인디경으로 들어가서,
(모화4-393)

∘지궁스럽다－한자어 ‘至窮’에 접미사 ‘~스럽다’가 첨가 된 것으로
볼 수 있다. 현대어에는 몹시 곤궁하다는 뜻으로 ‘지궁하다’가 쓰
인다.

－남은 화증이나셔 죽겟는디 그것은 웨지궁스럽게무러, (모화
4-403)

∘싱파락7)－‘생파리’인 듯하다. 남이 조금도 가까이 할 수 없을 만큼

---

7) ‘싱파락’의 어원에 대하여는 한두 가지 더 유추해 볼 수가 있겠다. 한 방법
은 ‘싱’은 ‘生’의 의미를 가진 접두사로서 현대어의 ‘생지옥, 생목숨, 생주검’
등에서 찾아볼 수 있다. ‘파락’은 한자어 ‘擺落’으로 ‘다 털어 없애버린다’는
뜻이다. ‘싱파락’이 ㅣ모음 순행동화를 하면 ‘싱패락’이 되는데 이는 ‘전적으
로, 딱잘라서’ 정도의 뜻으로 볼 수 있다. 또 다른 한 방법은 ‘생벼락’의 의
미로 보고자 한다. 현대어에서 ‘날벼락 친다, 생베락 친다’는 말을 똑같이 사
용하고 있다. ‘벼락’이 ‘베락’으로 된 것은 전설모음화현상으로 충청방언권에
서 널리 나타나고 있으며 ‘베락’이 ‘패락’으로 유기화된다.

성미가 뽀롱뽀롱한 사람을 '생파리'라 한다. 또 '생파락 잡아떼듯
한다'고 하면 무슨 요구나 물음을 매정하고 쌀쌀하게 거절함을 일
컫는 말이니, '생파락'의 의미도 이렇게 풀어야 할 것이다.
  －핀잔을 싱파락갓치쥬더니, (모화4-405)
  －빙쥬가싱파락가갓치잡아쎄며, (현56)

◦ 디답을열쇠갓치ᄒ고 들어오며－? 대답을 얼른 한다는 뜻일 듯하
  다.
  －잠을자다가 깜짝놀나 이러나 디답을 열쇠갓치ᄒ고 들어오며,
  (쌍6)

◦ 하상－何嘗. 의문이나 또는 부정하는 말과 함께 쓰이어 '따져보면'
  의 뜻을 나타내는 말. '네가 하상 무엇이기에 큰 소리냐?'와 같이
  쓰인다.
  －그야 돈사쳔이하상 무엇이길너니가그리 디단이알겟소. (쌍31)

◦ 쵸란구멍－?
  －핀쟌한마듸를 쵸란구멍에 디갈박쯧ᄒ다. (쌍44)

◦ 외슈붓치다－外數. 속임수.
  －도젹놈의 외슈붓치는 흉계를 고지듯는단말인가. (쌍63)

◦ 의시－依施. 청원에 의하여 임금이나 관청에서 허가함.
  －본쳥에서 의시를 ᄒ야 쥴리가 잇겟나 (쌍64)

◦ 신남－指路鬼새남, 陳胡鬼새남처럼 쓰이는데, 죽은 사람의 혼령을
  薦度시키는, 곧 명복을 빈다하여 하는 굿. 죽은지 49일 안에 하는
  데 흔히 七七齋와 같이 하기도 한다.
  －만님말과 갓치 신남이나ᄒ야 뎌승길이나 열어쥬시지. (구10)

◦ 자리거지－자리걷이. 장사를 지낼 때 운구한 뒤에 관이 놓였던 자
  리에 음식을 차려놓고 죽은 사람의 명복을 비는 일을 말한다.
  －자리거지 (구10)

◦ 금옥탕창－금관자, 옥관자, 탕건, 창의를 통틀어서 이르는 말. 곧
  높은 벼슬아치 등 귀인의 복식을 가리키는 말.
  －금옥탕창혼 졈자는 량반, (구50)

◦ 도시르다－도스르다. 무슨 일을 하려고 별려서 마음을 긴장하게
  다잡아 가지다.
  －쥬먹을 도실러쥬고, (구51)
  －법관은 싱각지도안인ᄉ건이돌츌ᄒ닛가졈졈도실러안지며ㅈ셰고

ᄒᆞ라고단속을ᄒᆞᆫ다. (구산하85)

∘ 의신―依身. 마음과 지식의 근거가 되는 육체. 여기서는 '나는' 정
도의 뜻이다.
―의신은 그딕일에 일호도죄가 업습니다. (구73)
―네아다 쑨이오잇가의신의샹뎐셔판셔딕마마님이올시다. (구산하
82)

∘ 한구히―항구히, 오래도록.
―귀를 기우고 한구히 듯다가, (화28)
―수정을업고 한구히가다가, (화58)

∘ 이디―고어. 잘, 좋게, 편안히.8)
―그딕령감믜이디말슴을 엿주어보겟다. (화50)

∘ 질지이심―疾之已甚. 몹시 미워함.
―그도지상의신분으로 잠시긱긔로 그리횟지 질지이심ᄒᆞ게 ᄯᅩ 츠
지러 하인을 보니겟느냐. (화69)

∘ 경산―京山. 서울 근교에 있는 산. 여기서는 경성을 가리키는 듯하
다.
―경산에만 올나오시면, (하84)

∘ 젹이다―적이다―제기다. 있던 자리에서 몰래 빠져 달아나다.
―엇더케 령낙업시 날젹여놋코 단여오실수가잇습닛가. (화108)

∘ 굽도젓도 할수없다―굽다+젖다(뒤쪽으로 기울다). 나갈 수도 없고
물러설 수도 없다.
―굽도젓도홀슈가업셔, (원2)
―천만뜻밧게굽두젓도못홀경우를당ᄒᆞ야, (화혈62)

∘ 젹ᄉᆞ구근―積仕久勤. 여러 해를 두고 벼슬살이를 함.
―젹ᄉᆞ구근이라는 공론으로, (원2)

∘ 몰방―沒放. 총 대포 따위를 일정한 곳을 향하여 한꺼번에 여러 방
을 쏨. 여기서는 한쪽으로 몰려온다는 뜻이겠다. 본 소설의 내용은
산월이가 피신을 하여 자기 오라비 집으로 왔는데 그곳으로 이월
이가 실신한 금주를 업고 또 피신하여 오니 산월이가 겁을 먹고
부르짖는 말이니 이렇게 해석할 수밖에 없다.

---

8) 仔細히 드러 이대 ᄉᆞ랑ᄒᆞ다.(月釋 9:9), 王孫ᄋᆞᆫ 貴ᄒᆞᆫ 모몰 이대 安保ᄒᆞ라.(杜解
8, 2)

　　－엇지자고이리로 몰방을쳐오늬. (원44)

∘ 마젼ᄒ다－포목을 빨거나 삶아서 바래는 일. 고어.

∘ 갓다－갖다. 빠짐없이 골고루 갖추어져 있다.

　　－밥히밧치고 마젼히밧치고 그러케 갓게지ᄂ랴거던 계집구셕에잇
　　지. (원62)

∘ 싱이－生涯. 싱이거리, 싱이ᄌ본 등으로 쓰인다. 먹고 지내는 일을
　　가리킨다.

　　－쟝과부ᄂ 본부퇴기로 힝년오십에 흔갓 싱이가 남보다 다른 것이
　　잇스니 그싱이ᄌ본은 별것이 안이라 다만 셰치혀ᄒ나뿐인듸, (원
　　67)

　　－큰싱이꺼리ᄂ 싱긴듯이가로쮜고셰로쮜며 오가를보고셔, (고하
　　86)

∘ 구라ᄒ다－이 말은 본 소설 속의 인물인 금쥬의 대화속에 나오는
　　말로 '돌아가다'는 뜻으로 여겨진다.

　　－져의부친 구라ᄒ시던날 하늘을 부르지져 울다가졍신을일엇ᄂ
　　듸, (원78)

∘ 구라쥬본－유언장인 듯하다.

　　－쳣문뎨가 죠판셔 구라쥬본을 다시드리ᄂ것이라. (원105)

∘ 여긔지르다－여기지르다, 예기지르다. '예기'는 한자로 銳氣인데
　　굳세어 굽히지 아니하는 날카로운 기백이나 기세란 뜻이니 '여긔
　　지르다'는 남의 예기를 꺽다는 뜻이 되겠다.

　　－친소간에다시ᄂ 그더말을 감히ᄒ지못ᄒ게 여긔지름을 ᄒ더라.
　　(원104)

　　－듯지안ᄂ것을보고 여긔를질으랴고 혼쓰임ᄒ거시라. (고29)

∘ 싱괴망괴ᄒ다－생게망게하다. 생급스럽고 터무니없다.[9]

　　－싱괴망괴혼 작란, (죽6)

∘ 버셩기다－버성기다. 벌어져서 틈이 있다. 두 사람 사이가 탐탁하
　　지 않다.

　　－버셩기지ᄆ는, (죽6)

---

9) 김주영, <객주>에도 다음과 같은 표현이 있다. "거성으로 울고 있던 상제는
　　서리 병아리 같은 상놈 하나가 산신 제물에 메뚜기 뛰어들 듯하더니 읍곡(泣
　　哭)을 하자 생게망게해서 맥을 놓고 바라보았다."

∘토심-吐心. 불쾌한 낯빛이나 말로 다른 사람과 이야기할 때에 상
대편이 느끼는 불쾌하고 아니꼬운 마음.
　-토심을당ᄒ야, (죽8)
∘보발-步撥.10) 조선시대에 급한 공문을 속보로 전달하던 파발제도
의 하나.
∘취디-取貸. 돈을 꾸어쓰기도 하고 꾸어주기도 하는 것.
　-나는 왼통취디ㅅ 길이쑉믹켯다. (죽8)
∘치룽군이-어리석어서 쓸모가 없는 사람.
　-계솜씨에옷지여입을걱정이　틱산갓타셔치룽군이로　흔구셕에두
고, (고상19)
　-이지경되야 치룽군이로 와잇스니날노 토심이더욱즈심흔디, (고
하107)
∘싸다-그만한 값어치가 있다. 고어의 잔영이다.11)
　-돈푼싼 것은 한가지유루없이 다가져갈쑨안이라, (고상31)
∘근지, 근디-根地. 자라온 환경과 경력.
　-두고두고근지를파보아셔, (고상36)
　-조곰이라도근디가잇ᄂ일곳ᄒ면, (화혈31)
∘잘크러지다-잘크라지다. 잘쏙하게 쏙들어가다.
　-갑동이손목이 잘크러지계 잡아민인 것을, (고상37)
∘지다위-남에게 등을 대고 의지하거나 떼를 쓰는 것. 자기의 허물
을 남에게 덮어 씌우는 것.
∘사위스럽다-미신적으로 어쩐지 불길하고 마음에 꺼림직하다.
　-그째부터짐술너기를 시작ᄒ드니 니게다가 지다위를 힝보랴고
아니될걸 죵로에셔 쌤맛고 셔빙고에가셔 눈흘기ᄂ모양이군. 여보
사위스럽소 방졍맛게녀편네가 걸픗ᄒ면쪽쪽울기ᄂ웨울어. (고하
81)
∘드난-임시로 남의 행낭에 붙어 지내며 그 집의 부엌일을 도와주
는 고용살이.
　-드난간집은어디야요. (고하100)

---

10) 이런 한자어가 조선시대로부터 사용되어온 것이라면 다음과 같은 한자어는
개화기에 나타난 것들이다. 서재극(1970)에서 그 예를 적기해 본다. "洋人,遞
傳夫,巡檢,尋常小學校,演劇場" 등.
11) 쳔금 싼 인물이오.(敬信29).

◦발덕귀−?

−복녁이업서그리되엿던지 발덕귀가사오나와 그리되엇던지, (고
하107)

◦친둡다−‘친덥다’인 듯. 사전에는 등재되지 않았으나 가까이 친절
하다는 뜻으로 ‘친덥다’가 중부 방언권에서 쓰이고 있다.

−무슨염치의 친둡지도 못훈양반다려 약짜지자당ㅎ야 너자식병을
곳쳐달나고ㅎ나. (고하107)

◦픠호−牌號. 좋지 못하게 남들이 붙여 부르는 별명.

−죠박사는 본러야박ㅎ고경솔ㅎ기로 픠호ㅎ얏던 스룹인디, (고하
108)

◦인과ㅎ다−지과(支過)하다. 살림을 가까스로 지탱하여 살아감.

−월급으로만 간신이인과ㅎ다가 련첩상을 당ㅎ얏으니, (월107)

◦의복별−衣服. ‘별’은 한벌 두벌 하는 ‘벌’을 가리킴.

◦부졍긔−釜鼎器. 부엌에서 날마다 쓰는 그릇.

−싀골셔쓸고올느온 의복별부졍긔낫까지모조리팔아업신 뒤, (월5)

◦뒤쳐지다−뒤집혀서 젖혀지다. 여기서는 행실이 기대에 어긋나게
반대로 나타나는 경우가 비일비재하다는 뜻이겠다.

−낫낫치힝실이부졍ㅎ야 갓뒤쳐질일이비일비지라. (월14)

◦초ㅎ다−憔하다. 문맥으로 보아 살이 찐 것에 반대가 되어야 하므
로 이렇게 해석하고자 한다. ‘憔’의 훈은 ‘파리하다’이므로 이렇게
해석하는데 아무런 무리가 없겠다.

−좀초훈 것은 여호갓해뵈여셔, (월16)

◦위에−‘위예’(違禮)의 오기인 듯. 소설의 이 부분 장면묘사는 喪事
에 여러 사람들이 구경차 모여드는데, 여인네들은 옷을 비단으로
잘 차려입고 나타나서 은근히 옷자랑을 하는데 만약에 헐한 당목
옷을 그냥 입고 갔더라면 얼마나 예가 없다고 우사를 당했을까 하
는 심정에서 하는 말이므로 ‘위에’는 ‘예가 없다, 우사스럽다’ 등으
로 풀어야 될 것 같다.

−아씨씌셔의복범졀이 그중에쌔져 남의위에나 아니되얏슴잇가.
(월23)

◦팔팔결−엄청나게 어긋나는 일이나 모양.

−셔울은싀골과팔팔결다름닌다. (월23)

◦져스위한−抵死爲限. 죽기를 작정하고 정한 마음을 굳게 잡음.

─부인이져스위한ㅎ고 못쩌나게붓드는 것을, (월38)
◦찌지─무엇을 표하거나 또는 적어서 붙이는 작은 쪽지.
　─멧달만에톄견부가 것봉에찌지를 슈십긔부친편지한봉지를 갓다
　　쥬거놀, (월47)
◦셔어ㅎ다─서름서름하다. 익숙하지않다.
　─얼마쯤마음이셔어히셔날마다 가던것을잇틀에혼번 스홀에혼번
　　가기도ㅎ고, (월67)
◦집탈─執止頉. 남의 잘못을 끄집어내어 탈을 잡음.
　─여간돈푼산 것은 모조리집탈케혼일이라. (월76)
◦셥어ㅎ다─섬서하다.(방언) 지나는 사이가 썩 어울이지 않고 서먹
　　서먹하다. ‘셥어히’는 그 부사형이다.
　─그쟈가셥어히물너안져혼ㅈ궁리를 ㅎ여본다. (황7)
　─그사롬은이말을듯더니졸지에셥어혼빗이싱긴다. (비7)
◦즁놈이─중노미. 음식점 여관같은 데서 허드렛일을 하는 남자.
　─즁놈이를불으닛가, (황8)
◦봉두돌빈─蓬頭突鬢. 봉두난발과 같은 말.
　─우리갓치봉두돌빈으로 막버리ㅎ는사롬을, (황9)
◦쌉잘냥이─?
　─뎌놈들이합력ㅎ야 시비ㅎ던져의동모를 쌉잘냥이를 주랴거니십
　　어, (황82)
◦솔발ㄴ다─金率 金友 (솔발). 군령이나 경고 등에 쓰는 놋쇠로 만든
　　종모양의 큰 방울. ‘솔발(을) 놓다’ 하면 남의 비밀을 발설하거나
　　소문을 낸다는 뜻이다. 개화기시대는 ‘솔발ㄴ다’로 쓰이고 있다.
　─그일이솔발ㄴ고보면 돈을더먹기커녕, (황91)
◦듯그럽다─듣그럽다. 떠드는 소리가 듣기 싫다.
　─셰상귀가듯그러워사롬 이살슈가잇나. (산1)
◦겻미─곁매. 싸움판에서 한쪽을 편들어 치는 매.
　─아쥬머니갓흐신이가겻미로말삼을ㅎ셔, (산28)
◦공고─公故. 벼슬아치가 조회행사에 참예하는 것.
　─나는어셔가야오날공고를치루겟스니, (산29)
◦윽각─으깍. 서로 의견이 달라서 생기는 감정의 불화. 현대어에서
　　는 ‘윽깍이 나다’로 쓰인다.
　─예나지금이나 쩍으랴는황시와 안이쩍히랴는죠긔가 일반이되야

격신네와 윽각이되야 논도랑을베드러도 그집만면ᄒ랴고애쓰ᄂ는양
을 너눈으로 방장보앗스닛ᄶ, (산33)
◦ 도담스럽다―어린 아이가 야무지고 탐스럽다.
　―예, 죠런도담스러온년보아, (산39)
　―에그도담도시러워라 어른이공연히ᄶ려쥬실가. (추감19)
◦ 보리―매질의 속된 말. 흔히 '보리를 타다'로 표현한다.[12]
　―이년네가 아즉도보리가되지를 못ᄒᆞᆫ가보다. (산39)
◦ 횡보다―사람을 잘못 보다.
　―사람을횡보앗겟슴닛가. (산45)
◦ 셕, 섯―'섰'인 듯. 거침없이 밀거나 쓸어나가는 모양. 기세 등을 말
　함.
　―흔동안셕이 푹삭도록잇셔, (산47)
　―허부령이입ᄶᆞ지허씨부인의셩니ᄂ는셧을못본고로, (재78)
◦ 뒤군뒤―'뒤+군두(디)'의 합성어인 듯하다. '뒤'는 뒤로의 뜻이고
　'군두(디)'는 '그네'의 남도방언이므로 여기 표현은 뒤로 그네 뛰듯
　떼굴떼굴 굴러간다는 뜻이겠다.
　―그그릇이마루싯헤셔부터 뒤군뒤를ᄒᆞ야 쩨굴쩨굴 셤돌로마당ᄶ
　지 굴러가며, (산80)
◦ 별미젹다―別味~. 말이나 행동이 어울리지 않게 멋이 없다.
　―엇던ᄶᅵᄂ는흔업시별미젹더라. (산80)
◦ 군두빅이―곤두박이.
　―졸지에그기들이군두빅이를ᄒᆞ며 즐비ᄒᆞ게걱구러져죽ᄂ는지라, (산
　82)
◦ 쓰르치병―?
　―긔에게도 쓰르치병이돌아왓나, (산82)
◦ 장마지―장맞이. 길목을 지키어 사람을 만나려는 짓.
　―리시죵과밋쳐셔장마지ᄒᆞ고단이던일로, (산89)
◦ 쌋리말―싸리로 조그맣게 결어 만든 말. 마마에 걸린 지 열 이틀만
　에 역신을 내어쫓을 때 씀. '싸리 말을 태우다'고 하면 내어쫓는다

---

12) 이무영 <농민>에, "볶아 대는 맷소리 사이사이로 신음하는 소리가 들린다.
　　돌이가 한 대 얻어 차이는 모양이다. 탑골 박의관의 청지기가 형장에 끌려간
　　때는 돌이가 한참 보리를 타는 판이었다."가 보인다.

는 뜻이다.
　－오날이라도 나를 쓰리말을터럼으나. (추감14)
○ 얼네발－엉너리. 남의 환심을 사게 하기 위하여 어벌쩡하게 서두
　르는 짓. ‘엉너리를 치다, 얼레발을 치다’ 하면 능청스러운 수단으
　로 남의 마음을 사다는 말이다.
　－강씨가그리홀ㅅ록얼네발을치며, (추감14)
○ 나그네국마다자쥬인장업기로－?
　－나그네국마다자쥬인장업기로혼쳐를힘써구ㅎ지도아니홈으로,
　(추감20)
○ 도방쳐－道傍處. 길가 같은 데 사람이 많이 다니는 곳.
　－그곳이도방쳐가되야 ㅅ방소문이나 드룰만ㅎ냐. (추감63)
○ 닷다가－다따가. 난데없이, 갑자기, 별안간.
　－닷다가그게무슨말슴이오. (추6)
○ 졉문례－졉문＋례인 듯. ‘졉문(接吻)’은 키스하다의 뜻이다. ‘례’는
　禮일 것이다.
　－흔츙더히셔졉문례르ㅎ랴고달여드니, (추8)
○ 톄지－體枝.
　－그계집아히는 나이가이십이 다된모양인더톄지는그노파보다두
　갑절이나크다. (행1)
○ 비부디－? 아닌 게 아니라?
　－계부모는비부디계자식이그르것만, (행23)
○ 조수이－조수(照數)하다의 부사형인 듯하다. 수효를 맞추어 본다는
　뜻이겠다.
　－우마와가쟝과젼양을조수이난호아쥬엇는데, (추26)
○ 막비－莫非. 아닌 게 아니라.
　－막비뎡흔팔즈니죽이면죽엇지, (추56)
○ 탁급ㅎ다－‘다급하다’의 오기일 것이다.
　－림씨가그말을듯고더욱타급흔ㅁ음에, (행60)
○ 힘힘ㅎ다－고어. 한가하다, 심심하다.13)
　－단삼빅냥도 아니줄ㅁ음으로힘힘ㅎ고잇든터이라. (행75)
○ 용수－容手. 수단을 부리는 것.

---

13) 힘힘흔 사룸들히 닐오디(朴重上32), 힘힘히 노하두어(老下21).

-지물이잇스면　아모리부인네라도압길에용수할도리가잇슬터이
라. (행94)
◦조민ᄒ다-躁悶~. 초조하여 가슴이 답답하다.
　-수일이지너도록만득의소식이　망연ᄒ야조민ᄒ마음이　일시를딘
졍키어렵다. (행101)
◦안졉ᄒ다-安接~. 편안히 머물러 사는 것.
　-마음을안졉ᄒ야 목숨을보젼ᄒ여가는데, (행122)
◦말무야, 말무야마-말미암아.
　-무죄ᄒ신목숨을 돈으로 말무야죽인단말이오. (행113)
◦숄략ᄒ다-소략(素略)하다일 것이다. 혼인 잔치상을 간략하게 차린
다는 뜻일 것이다.
　-유모는혼인잔치상의숄략ᄒ것을 불쾌히역여, (두상11)
◦즌욕-진욕일 것이다.
　-봉남에게는 여지업시즌욕을당ᄒ야, (두상93)
◦샴ᄒ다-'샴'은 충청도 방언에서 '새암, 시샘'의 뜻을 가지나 여기
서는 그런 뜻은 아니겠다. 또 삼하다는 어린아이의 성질이 순하지
않고 사납다는 뜻인데, 앞뒤 문맥으로 그렇게도 해석할 수도 없다.
문맥상으로는 '참하다'의 뜻이 가장 가까우나 그 당시 이런 뜻으
로 쓰였는지 자못 의심스럽다.
　-그쩌혜경씨의샴ᄒ든모양을보드면　하하…　지금싱각히도우숩지
웨그러케샴ᄒ든지, (두상104)
◦왜쟈ᄒ다-왜자하다. 소문이 널리 퍼져 요란하다.
　-병이나든지죽던지너지쳔만이왜쟈홀지라도멧빅년멧쳔년ᄭ지라
도나는령감의부인이지오. (두상110)
◦시바? 시바이?-?
　-뎌의끼리서로자루를　찌즈며죽는다산다ᄒᄂ　시바이나구경ᄒ리
라. (두상110)
◦숌아 숌아, 숨아숨아-소마소마. 무섭거나 두려워서 마음이 초조
한 모양.
　-혜경은숌아숌아ᄒ마음을 억계로진졍ᄒ야, (두상128)
　-숌아숌아ᄒ던츠에, (화혈32)
◦못고지-모꼬지. 놀이, 잔치. 그밖에 다른 일로 여러 사람이 모이는
것.

　－아는사름을피ᄒ고못고지는샤졀ᄒ고, (두하116)
◦초솔ᄒ다－거칠고 엉성하여 보잘 것 없다.
　－넘오초솔홀 ᄲᅮᆫ안이라, (화혈14)
◦(이)에셔－～보다. 중세국어의 비교격.14)
　－임씨어머니는ᄌ긔ᄌ질이공명ᄒᄂ이에셔조곰도못지안케깃겁게
　넉여서, (화혈18)
◦거리칙지－據理責之. 사리를 따져 잘못을 꾸짖음.
　－션초가마음디로ᄒ면잡아다리는손을 ᄲᅮ리치고거리칙지라도ᄒ고
　십흐나몸이챵기에잇스니 아모리 졍당흔말로거졀ᄒ야도듯지아니
　홀터이오, (화혈28)
◦리승스럽다－理性스럽다. 논리적으로 사고하는 능력을 말한다.
◦쳡쳡리구－疊疊利口. 거침없이 잘하는 빠른 말씨.
◦명기불연－明記不然? 말을 너무나 잘하여 내용을 똑똑히 밝힐 수
　없도록 만들어 놓는다는 뜻일 것 같다.
　－엇더케리승스럽게 쳡쳡리구로 명기불연흔 말을ᄒ야노앗던지,
　(화혈45)
　－무엇이라명기물연ᄒ야디답을ᄒ려다가, (화혈59)
◦진시－趁時. 진작.
　－졔아비가진시나아와 문안을ᄒ얏스런마는, (화혈52)
◦볼시－본래?
　－담우에꼿가지ᄀᆞ치시렵시썩거보시랴는것이볼시례사이올시다마
　는, (화혈54)
◦하아－하나. ㄴ 탈락현상이다.
　－졔쏠하아 (화혈58)
　－기싱년하아 (화혈58)
◦난졍맞다－'난장맞다'일 것이다. 함부로 마구 얻어 맞다는 말이다.
　'난장맞을!'은 감탄사로 일이 뜻대로 안 되거나 못마땅하여 불쾌
　한 마음을 속되게 표현하는 말이다.
　－령감은난졍맞을무슨령감이고, (화혈60)
◦쇼양비양ᄒ다－쇠양배양하다. 지각이 없이 마구 행동하거나 덤비

---

14) 그 느촌 一定히 아히나친 제서 삻지니라(능二9), 사름 害ᄒ는鬼 ｜羅刹子母에
　셔 甚ᄒ니 업스니(法七117).

는 경향이 있다.

　－쇼양비양ᄒᆞᆫ졂은사롬아니고, (화혈61)

◦즈락－姿樂. 마음대로 즐김.

　－네즈락디로ᄒᆞ여라. (화혈61)

◦좌디－座地. 지극히 높으신 분.

　－셜마모발이　희쓱희쓱ᄒᆞᆫ좌디로나갓혼어린사롬을　속일리가업슬
　듯도ᄒᆞ고, (화혈64)

◦벗놓다－테 밖으로 벗어나다.

　－나도좀을벗노앗ᄂᆞᆫ걸, (화혈66)

◦달ㅅ 고－'다르다'의 경상도 방언.

　－텬긔가하로달ㅅ 고이틀달ㅅ 고날마다변ᄒᆞ고, (현1)

◦문긱일다－문객이냐. '～일다'는 경상도 방언의 의문종지형임.

　－문긱일다. (현4)

◦담불－곡식이나 나무를 쌓은 무더기.

　－벼담불. (현12)

◦날ㅅ 다길ㅅ 다－날겠느냐 기겠느냐. '～ㄹ 다'는 경상도 방언의 의
　문형.

　－날ㅅ 다길ㅅ 다네가엇의로가겟나냐. (현30)

◦메－?

　－의복범졀을잠시보아도비록메가　쑥쑥드러시골쩌를벗지못힉보이
　나, (현34)

◦외디ᄒᆞ다－소홀히 하다.

　－너는작은아비를외디ᄒᆞ드구나. (현88)

◦셩금－셩금셔다. 보람서다.

　－져는샹관이오나는하관이니니말이셩금이셔나냐. (현90)

◦갈이산. 가리사니－판단분별. 지각. 사리를 판단할 수 있는 힘이나
　실마리.

　－엇더케된두셔는갈이산을못ᄒᆞ다가, (현120)

◦위름ᄒᆞ다－두려워하다. 危凜.

◦효상－爻象. 좋지 못한 상태, 경황.

　－하인들은위름ᄒᆞᆫ그효상을졸디에당ᄒᆞ야, (현129)

◦빗(에)－빛일 것이다. 표정이나 몸가짐에 나타나는 기색,태도를 뜻
　한다. '놀라운 빛, 피로의 빛, 즐거운 빛'처럼 쓰인다.

－쥬인의코짝이한번 구경ᄒ랴고사랑마루에 셔서기다리ᄂᆞᆫ빗에방
속에안겨기다리ᄂᆞᆫ빗에 침방에셔귀속말ᄒᆞᄂᆞᆫ빗에 맛치란장판도갓
고과거자중도갓ᄒᆞ니, (현137)
－부억에셔밥짓다가쒸어나오ᄂᆞᆫ빗에　다듬이간에서다듬이ᄒᆞ다가
쒸어나오ᄂᆞᆫ빗에 한참부산ᄒᆞ더니, (현232)

◦ 자비－가마와 같은 탈 것의 총칭.
　　－자비를타고절ᄂᆡ로드러가ᄂᆞᆫ디, (현148)
◦ 쌤ᄂᆡ다－'뽐내다'일 것이다.
　　－팔ᄉ 둑을쌤ᄂᆡ고달녀드ᄂᆞᆫ사ᄅᆞᆷ들을이리치고져리치며, (현199)
◦ 뢰－?
　　－쓸데업ᄂᆞᆫ쏠자식에게무슨뢰를보시랴고텬하에업ᄂᆞᆫ것갓치,　　(현
　　214)
◦ 돌ᄯᅡ서다－돌아서다?
　　－돌ᄯᅡ서셔ᄒᆞ는말이, (명23)
　　－자긔는오든길로돌ᄯᅡ셔, (화화11)
◦ 이양스럽다－'아양스럽다'일 것이다. 아양, 교태가 있다는 뜻일 것
　　이다. '이양'과 같은 형태는 ㅣ모음역행동화이다.
　　－이양스러온벽도는, (명28)
◦ 너장－배(舟)의 일부분을 지칭하는 듯하다.
　　－쌈짝놀나너장틈으로자셰보니, (명54)
◦ 분깃－分衿(이두). 물려주는 재물을 나눌 때 받는 한 몫. 여기서는
　　노략질한 물건을 배 안에서 도둑들끼리 서로 나누어 가진다는 뜻
　　이다.
　　－비에잇ᄂᆞᆫ물건을분깃ᄒᆞᆯᄉᆡ, (명55)
◦ 셕－물가에 배를 대어놓기 좋은 곳? 여기는 사람 많은 사이를 뜻하
　　는 것 같다.
　　－사ᄅᆞᆷ만흔셕셰드러가면, (명63)
◦ 지져귀－남의 일을 방해하는 짓.
　　－ᄯᅩ아니된지져귀를ᄒᆞ엿구료. (명65)
◦ 사출－查出? 조사하여 찾아냄.
　　－모든일이사출나셔처음모란봉에셔비잘ᄒᆞ든러력과, (화화37)
◦ 슈란ᄒᆞ다－愁亂~. 근심이 많아 마음이 산란하다.
　　－마음이공연이슈란ᄒᆞ야슬ᄉ 상을물려놋코, (구산14)

◦ 신건-新件. 새로운 사건이나 물건.
  -한번가져보도안이혼신건이닛가시로민드나인반이오. (구산26)
  -신건이복식을일신ᄒ게닙혀, (구산28)
◦ 여률령-如律令. 명령대로 행한다는 뜻.
  -일동이졀을여률령시힝ᄒ더라. (구산27)
◦ 쎼치다-느른하여 기운이 없어지다.
  -종일쎼치시고곤ᄒ시지도안으셔요. (구산43)
◦ 천변도섭-천변(千變)+도섭인 듯. '도섭'은 수선스럽고 능청맞게
  변덕을 부리는 것을 말한다.
  -오늘은웬곡절로스싞이쳔변도셥을ᄒ누. (구산50)
◦ 걸다-이 시기의 '걸다'용언의 의미가 현대어와 다르게 '걸터앉다'
  로 쓰이고 있다.
  -마루스 젼에가걸어안즈며, (구산79)
◦ 삿추리-사추리. '샅'의 경기도 방언.
  -고개가졈졈삿추리로드러가며망지소조를ᄒ는모양이거눌, (구산
  하9)
◦ 어질다북ᄒ다-문맥상 자고 일어난 잠자리가 어질러져 있어 지저
  분하다는 뜻이므로 현대어의 '어질더분하다'의 뜻이 되겠다. '어
  질'은 '어지르다'의 축약형이고 '다북'은 '다북다북하다'의 부분어
  근으로 복합형태를 이룬다고 보겠다.
  -이불이이리노히고겨리노혀어질다북ᄒ야갓자고이러난지리갓고,
  (비69)
◦ 부젼부젼히-현대어 '부전부전하다'는 '남의 바쁜 것을 생각지 않
  고 자기가 하고 싶은 일에만 부지런하게 서두른다'는 뜻이므로,
  '부젼부젼히'는 그 부사형이겠다.
  -남들은술먹고긱담ᄒ고쓸더업시허비ᄒ는쩌에부젼부젼히손을놀
  녀엇은거시오. (만九457)
  -에렌이부젼부젼ᄒ게길쌈ᄒ는방에드러가봄도, (만九478)
◦ 이우-貽憂. 남에게 걱정을 끼치다.
  -남녀로소홀것업시남에게이우ᄒ는일업시, (만九457)
◦ 불아퀴-부라퀴. 몸이 야물고 암팡스런 사람.
◦ 츄축-追逐. 주로 친구끼리 서로 왕래하여 사귐.
  -노름판불아퀴츄축ᄒ야그어미를빌녕방이를만든거슨, (만九502)

∘사폐-사정(私情).

　-그보다더흔비녀가락지노리기도다아버지사폐보노라고드렷는더, (재18)

∘변무젹다-별무젹다? 엉뚱하다?

　-칠녀는썩썩가다변무젹은소리도잘흔다. (재44)

∘목둑이-'목두기'일 것이다. '모둑이'는 민속에서 '무엇인지 모르는 귀신'을 지칭하기도 하고 속어로는 '무당'이란 뜻으로 사용되어 불길한 징조를 나타낸다고 볼 수 있다. 이 부분 소설장면은 모친 조씨가 아들 리찬서에게 이종간이 되는 어렸을 적 정혼한 여자 숙희를 소실로 맞이할 것을 요구하는 내용인데 어렸을 때 정혼을 파기한 것은 친족간 혼인은 후손에게 길하지 못하다 하여 파혼한 것이므로 이제 와서 다시 소실로 맞이하는 것은 천륜에 어긋나며 합당하지도 못하다고 아들 리찬서는 극구 사양하고 있는 내용이다. 그러므로 여기 '묵둑이'는 불길함을 나타내는 귀신, 무당과 같은 존재로 풀이하는 것이 옳겠다.

　-너는친죡혼인이라던가묵둑이라던가히가지고이젼언약을비반흐얏스나, (재194)

∘부지군-부지꾼. 실없는 장난을 잘하고 심술궂은 사람을 지칭한다.

　-갓치온늙은령감이젼부지군이던데니얼골을알고시비나흐면엇더케흐게. (옥11)

∘쌩스니기-뺑소니를 뜻한다.

　-눈치 샐은건달들은벌셔알아치리고 쌩스니기를모다도망을흐얏더라. (옥21)

∘섬부흐다-贍富. 가멸고 풍부하다.

　-권도스는명문거족으로학식이섬부흐고, (마3)

∘왕청되다-차이가 몹시 많다. 엄청나게 틀리다.

　-집에서편지듯든사연이거긔가서는왕청됩데다. (마62)

3. 결 어

이상 개화기 <신소설> 작품 속에 나타난 어휘들을 살펴보았는데, 그 내용을 몇 가지로 요약해 보면 아래와 같다.

고유어는 소설에 등장하는 인물의 대화 속에서 풍부하게 찾아볼 수 있다. 이들 고유어는 대부분 소멸될 위기에 놓여 있는데 가능한 한 이들을 되살려 쓰도록 노력한다면 우리의 언어생활이 그만큼 풍부해질 수 있다고 생각한다. 이런 어휘들을 몇 지적하여 보면, 숫접다, 긔구잇다, 두겁가다, 고라니, 비나리, 엉너리, 가리사니 등과 같은 어휘들로 무수히 많다.

고유어 중에는 뜻을 알 수 없는 말들도 상당수 있는데, 앞으로 연구과제로 삼아야 될 것이다. 몇 개만 예를 들어보면, 보두리(은), 소료(홍상), 안사업시(홍하), 쵸란구멍(쌍), 발덕귀(고하), 짭잘냥이(황), 시바이?(두상) 등과 같은 말들이다.

한자어, 한자숙어들이 상당량 보이는데 이는 당시 언중들이 일반 대화 속에서 한자어를 즐겨 사용하고 있었음을 말해 준다. 한자어 중에는 음운 변이 된 형태들도 더러 보이는 바, 이는 언중들의 한자의 무식에 기인한다고 보겠다. 한자어를 몇 들어보면 실톄(失體), 디살(代殺), 히거(駭擧), 경선(經先), 고긔(顧忌), 오활(迂闊), 경구지역(井臼之役), 좨쥬찬션(祭酒贊善)과 같은 것들이다.[15]

끝으로 본고에서 살핀 40여 편의 "신소설"들은 공통적으로 인쇄 상태가 좋지 않아 어형을 판단하기가 난해한 경우가 허다하였다. 맞춤법 제정 이전임을 감안하더라도 탈자, 오자, 낙자, 중첩자, 동일어휘 이양 표기, 띄어쓰기의 무원칙 등으로 인해 기본어휘를 정하기가 매우 어려운 부분이 많

---

15) 민현식(1985)에는 치악산(상하), 송뢰금, 경세종, 설중매 4편에서 뽑은 한자어 32개를 설명하고 있다.

왔다. 그런 고로 개중에는 상당한 오류도 있을 줄 아는데 이는 전적으로
필자의 책임임을 밝혀 둔다.

출전작품약호

작 품	약 호	작자 및 발행자	작 품	약 호	작자 및 발행자
혈의루	(혈)	이인직	귀의성(상)	(귀상)	이인직
귀의성(하)	(귀하)	이인직	빈상설	(빈)	이해조
치악산(상)	(치상)	이인직	치악산(하)	(치하)	이인직
송뢰금	(송)	육정수	금수회의록	(금)	안국선
경세종	(경)	김필수	설중매	(설)	구연학
은세계	(은)	이인직	철세계	(철)	이해조
홍도화(상)	(홍상)	남궁 준	홍도화(하)	(홍하)	남궁 준
자유종	(자)	이해조	성산면경	(성)	조원시
모란병	(모)	이해조	모란화	(모화)	김교제
쌍옥적	(쌍)	김용준	구마검	(구)	이해조
화세계	(화)	민준호	원앙도	(원)	이해조
동각한매	(동)	현공염	죽서루	(죽)	현공염
고목화	(고)	노익형	월하가인	(월)	김용준
황금탑	(황)	김용준	산천초목	(산)	남궁 준
추풍감수록	(추감)	민준호	추월색	(추)	최찬식
행락도	(행)	민준호	두견성(상)	(두상)	선우 일
두견성 (하)	(두하)	선우일	화의혈	(화혈)	이해조
현미경	(현)	김교제	명월정	(명)	남궁 준
화중화	(화화)	이종정	구의산	(구산)	이해조
비행선	(비)	김교제	만인계	(만)	엣디워어쓰
재봉춘	(재)	민준호			
완월루	(완)	남궁 준	옥호기연	(옥)	부인
			마상루	(마)	민준호
					민준호

참고문헌

강윤호(1975), 개화기 교과용 도서, 교육출판사.

姜漢永(1978), 申在孝 판소리 사설집(全), 普成文化社.

국립국어연구원(1993), 신소설언어사용실태조사.

금성출판사(1993), 국어대사전.

김경훤(1998), 국어하향성 이중모음의 통시적연구, 성균어문연구33.

김덕호(1985), 경북 충북 접경지역어의 음운연구, 경북대 대학원 석사논문.

김무식(1896), 경북방언 ' ㅓ'와 'ㅡ' 모음의 실험 음성학적 연구, 경북대 대학원 석사
  논문.

김성렬(1985), 국어 준첩어의 음운교체 현상에 대하여, 국어교육 51-52

金成烈(1987), 中世國語母音硏究, 成均館博士學位論文.

김성옥(1984), 국어 첩어의 연구, 숙명여자대학 대학원 석사학위논문.

金完鎭(1971), 국어음운체계의 연구, 일조각.

남광우(1977), 고어사전, 일조각.

민원식(1982), 문경지역어의 음운론적 연구, 충남대 대학원 석사논문.

────── (1984), 개화기 국어의 문체−신소설 개화기 교과서의 어휘를 중심으로.

────── (1984), 개화기 국어의 어휘 Ⅰ, 국어학연구.

────── (1985), 개화기 국어의 어휘 Ⅱ, 국어교육 53·54호, 한국국어교육연구회.

박창원(1993), 현대국어 의성의태어의 형태와 음운, 새국어생활 제3권 제2호.

백두현(1985), 상주 화북지역어의 음운론적 특징, 소당 천시권박사 회갑기념 논총.

白斗鉉(1992), 원순모음화 'ㆍ〉ㅗ'型 분포와 通時性, 국어학회.

서재극(1970), 개화기 외래어와 신용어, 동서문화 4집.

성낙수(1993), 우리말 방언학, 한국문화사.

신기상(1986), 동북경남방언의 음운연구, 성균관대 대학원 박사학위 논문.

신기철·신용철(1983), 새우리말큰사전, 삼성출판사.

신승용(1997), 하향성 이중모음의 단모음화와 움라우트와의 상관성, 서강어문 13.

심재기(1982), 국어어휘론, 집문당.

아세아문화사(1978), 한국개화기문학총서.

劉昌惇(1980), 李朝國語史硏究, 二友出版社.

유창돈(1985), 이조어사전, 연세대출판부.

이건식(1988), 현대국어의 반복복합어 연구, 단대 대학원 석사학위논문.

이승재(1993), 모음의 발음, 새국어생활, 제3권 제1호.

이익섭(1983), 현대국어 반복복합어의 구조, 국어학연구 소수.

이희승(1976), 국어대사전, 민중서림.

임우기, 정호웅 편 (1997), 토지사전, 솔출판사.

전인득(1989), 경북상주 방언의 활용어미 연구, 영남대 대학원 석사논문.

정귀생(1983), 개화기차용어의 연구, 단국대 국어국문학과 석사학위논문.

정연찬(1991), 현대국어 이중모음체계를 다시 생각해 본다, 석정 이승욱 선생 회갑
    기념논문집.

조남호(1993), 국어사전에서의 의성·의태어 처리, 새국어생활 제3권 제2호.

채완(1993), 의성 의태어의 통사와 의미. 새국어생활 제3권 제2호.

千二斗(1986), 판소리명창 임방울, 현대문학사.

최명희(1996), <혼불> 10권, 도서출판 한길사.

崔範勳(1981), 中世國語文法論, 二友出版社.

최전승(1986), 19세기 후기 전라방언의 음운현상과 그 역사성, 한신문화사.

최현배(1937), 우리말본, 정음사.

한국방송공사(1993), 표준한국어발음대사전, 어문각.

韓國方言資料集 全羅南道篇(1991), 韓國精神文化硏究院.

韓國方言資料集 全羅北道篇(1987), 韓國精神文化硏究院.

韓國方言資料集 忠淸南道篇(1990), 韓國精神文化硏究院.

한국방언학회편(1985), 한국방언학, 형설출판사.

한국정신문화연구원(1979~1986), 방언 1~8, 한국정신문화연구원.

한국정신문화연구원(1980), 한국방언조사 질문지, 한국정신문화연구원.

한국정신문화연구원(1989), 한국방언자료집 Ⅶ(경상북도편), 한국정신문화연구원.

허웅(1965), 국어음운학, 정음사.

황대화(1986), 동해안 방언 연구, 김일성종합대학출판사.

황희영(1979), 한국어음운론, 이우출판사.

찾아보기

<h1 style="text-align:center">찾아보기</h1>

240

국어 방언연구

인쇄일 초판 1쇄 2001년 09월 27일
　　　　 2쇄 2015년 08월 13일
발행일 초판 1쇄 2001년 09월 30일
　　　　 2쇄 2015년 08월 15일

지은이 김 성 렬
발행인 정 찬 용
발행처 국학자료원
등록일 1987.12.21, 제17-270호
서울시 강동구 성내동 447-11 현영빌딩 2층
Tel : 442-4623~4 Fax : 442-4625
www. kookhak.co.kr
E- mail : kookhak2001@hanmail.net
가격 11000원
ISBN 978-89-8206-631-3[93800]